草莓满月

La Luna
Piena Delle Fragole

[意] 保罗 · 斯特拉——著

张皓舒——译

北方联合出版传媒(集团)股份有限公司

万卷出版有限责任公司

目 录

渐盈凸月
p.131

上凸月
p.149

盈凸月
p.165

渐满月
p.185

近满月
p.203

草莓满月
p.215

新　月

当一只海鸥啄你的手时，你会有两种反应：要么甩着流血的手指站起来，尖叫着驱赶它，要么听之任之，不予理会。

如果是第二种情况，说明你已经是一具尸体了。

可我还没死，而那只蠢鸟快把我的一根手指啄掉了。

它大概把我当成了一顿现成的美餐，而我只是睡着或者晕过去了而已。

这种状态究竟持续了多久，连我自己也说不清楚。我的脑海一片空白，什么也想不起来。

我茫然四顾，目之所及只有一望无垠的大海。我坐起身，终于明白为什么脚下的土地——说是土地也不恰当——会上上下下，一起一伏了。

我在一艘船上，不过这艘船就像刚被匪徒洗劫过似的，船帆、船舱、缆绳，所有的一切，全都破破烂烂。

四周静悄悄的，这幅残破的景象正随着海浪轻轻晃动。我仔细观察着这艘船，想看看是否还有其他人在。似乎没有。船上只有我一人。

没有掌舵的船长。

没有负责维修的船员。

没有人告诉我这究竟是怎么回事。

"有人吗？"我怯生生地开口，"喂？"

我鼓起勇气，提高了嗓门："有人吗?!"

没有回答。万籁俱寂。

不过此刻要是真有人应声，我怕是会吓个半死。

我的脑海一片空白。

什么也想不起来。

我甚至不记得自己长什么样。

我吃力地站起来，除了那根被海鸥啄过的手指，我的一条腿也在隐隐作痛。我盯着天空，想让那只心怀不满的海鸥知难而退，我可不是它的晚餐。

船舱外有几块残存的玻璃，上面虽然积满细沙和灰尘，却足以让我看清自己的脸：我并没有受伤，只是模样有些邋遢，空气中的盐分让我的头发粘到了一起，一绺一绺地乱翘着，仿佛一条条从头顶四散奔逃的小虫。我抬起手，试图让它们服帖一点儿，却并没有什么效果。我有一双乌黑的眼睛，还有小棍似的粗长睫毛。牙齿雪白，两颗犬齿向外突出，好似老虎的獠牙。好吧，倒也没那么夸张，但也颇为显眼。

我很满意这张陌生的脸。

可要说为什么会在这艘船上，我却没有一点儿印象。我什么也想不起来。

这让我的心底蹿起一股怒火。

我捡起甲板上随着海浪滚来滚去的厚玻璃杯，朝着主桅狠狠掷去，希望借此宣泄心中烦闷的情绪。杯子并没有碎掉，而是弹了回来，继续在甲板上骨碌碌地滚动，于是怒火在我的体内继续燃烧，蠢蠢欲动，急切地寻找着出口。

我将身体探出船舱，
朝着大海怒吼。

声音随风而逝，消散在海天相接的尽头。

冷静，呼吸。我记得有人曾经这么对我说过："当你感到恐惧的时候，试着深呼吸，恐惧并非来源于外界，而是根植于你的内心。"

一二三，吸气；四五六，呼气。

呼气，吸气。吸气，呼气。是这样没错吧？

我试着理清思路，这能帮助我走出困境。我需要搞清楚现在身在何处，以及之后的对策。

情况是这样的：我还活着，一只海鸥啄伤了我的手指。

这让海鸥荣升为我最讨厌的鸟类。

我在船上，独自一人。

船无人驾驶，四周只有大海。

所幸这条船依旧结实。

我不记得自己叫什么名字。

我不知道自己为什么会在这儿，我看起来可不像什么水手。

接下来该怎么做，我一点儿头绪都没有。但在思考的途中，我开始在船上来回踱步，这让我知晓了船的长度。二十步长。这对船而言究竟是大是小，我并没有什么概念，但这个长度对我来说已经相当可观，要知道我现在可没有任何帮手。

正当我沉浸在思绪中时，之前那只海鸥笨拙地停在了右舷上。

我恶狠狠地瞪着它："你想干什么？"

"我饿了，本以为能用你填饱肚子，没想到

你居然醒了过来。我的晚餐泡汤了，可我的肚子还空着呢。"

"我才不是你的晚餐，我还没死！"

"我可以等。"

"说什么傻话，蠢鸟。"

"蠢吗？可我觉得很正常啊。"

"我变成你的晚餐，这很正常？相比起一只愚蠢的海鸥，我宁愿被海豚或者乌龟吃掉，至少它们长得漂亮。再说了，我可不想成为任何人的晚餐。"

"我们都是别人的晚餐。只是你们人类觉得自己高高在上，不会成为别人的晚餐罢了。正因为这样，你们才总是那么患得患失。"

"我才不患得患失呢。我只是不想被一只愚蠢的海鸥吃掉。"

　　"好吧，那我不吃你好了。"

　　"为什么特地强调'我'字？"

　　"因为你总会成为某人的食物，到那时，究竟是谁吃了你，还有什么区别吗？不过既然你这么坚持，那就随你高兴吧。可如果……"

　　"如果什么？别忘了，你弄伤了我的手指！"

　　"如果你接受会成为别人晚餐这个事实，你会活得更加轻松自在。你们总把死亡视作……"

　　"什么你们？哪来的你们！船上不是只有我们吗？在这连陆地都看不见的大海！而我居然在

和一只海鸥说

话，一只愚

蠢的海鸥！"

　　"我才不蠢呢。不过话说回来，我还从没有思考过这个问题。倘若我真的蠢，那我大概也意识不到自己蠢这个事实，所以嘛，你说的或许也有道理。"

　　我笑了。这只海鸥似乎挺聪明。

　　"你们人类……总是刻意忽略死亡的存在。其实死亡是件很美妙的事。"

　　"美妙？怎么会！那意味着一切都结束了。"

　　"我不明白'结束'是什么意思。死亡之所

以美妙，是因为它能让你重新审视一切。"

"什么意思？"

"你站在这里，朝着大海大叫大嚷，对一只想要吃掉你的海鸥大发脾气，你乱扔杯子，好像这么做能带给你什么头绪。每当你们迷失方向，找不到回家的路时，都是这种反应。"

"可我真的迷路了！我甚至不知道自己有没有家！我只想搞清楚现在该怎么做。"

"在我必须做出选择的时候，我总会提醒自己，我迟早会成为别人的晚餐。反正都会死，也就没必要纠结是否做出了正确的选择。我只做想做的选择。"

"那你想做的选择是什么？"

"这不重要。"

我瞪着海鸥。我很肯定，有人正借它之口和我说话。是谁呢？这里明明只有我们俩。

"好吧，蠢鸟，那我问你：我该怎么做？"

"不对，这不是正确的问题，你该问的是：

生活想要你怎么做？

你真以为自己有选择的余地？你只是一份还没端上桌的晚餐。你唯一能做的，就是利用现有的配料，让自己呈现出你希望的味道。"

"听着伙计，我在这艘船上醒来，周围只有大海，我甚至不知道自己叫什么，所以，能别再绕弯子打哑谜了吗？"

海鸥张开翅膀，轻轻扇动几下，却并没有飞起来："你可以试着这么思考：你正和一只海鸥说话，而你在一片海上。你是坐船来这儿的，而我……"

"而你是飞过来的。"

"没错。我飞到了这里，那说明我来自某个地方。不是吗？"

这番话让我茅塞顿开。我意识到，虽然我失去了记忆，但我的脑袋里依旧残留着过去的影子。正是这抹影子告诉我，海鸥通常在陆上筑巢，而不是海中。

既然它能飞到这儿来，说明陆地离我们并不

远。如果是这样，那我就有了生还的可能。

"这附近有陆地？"我的心里升起一丝希望，"哪里，在哪里？快告诉我呀！"

"你已经知道有陆地了，剩下的自然是用眼去看，弄清它在哪儿了。"

"你真是只怪鸟，之前不是还想吃掉我吗，现在居然又要救我？"

"一点儿也不怪。不论是之前还是现在，我都只是给你提供了一个思路。"

"我们发誓，决不吃掉对方？"

"至少今天不吃你，我保证。"

"好吧，至少今天。这已经很不容易了。"

我向船尾走去，海鸥待在一旁，偏着头，用

它的右眼注视着我。

周围什么也没有，只有大海。

我拽着尚且完好的缆绳爬上桅杆，抬手搭在眼睛上方，就好像这样能让我看得更远。

没想到这招竟然真的起了作用。

"在那儿！就在那儿！有个小岛！"

海鸥飞了起来："可不止一个。"

"有两个……不，三个，天哪！四个！不对，等等，有七个！"

在我视线所及之处，七座小岛若隐若现。这是不是意味着，我得救了？

如果岛上有人，
或许他们能够帮助我。

"你叫什么名字，海鸥？"

"我没给自己取过名字。我们可没这习惯。"

"那我叫你海鸥好了。"

"那我叫你小孩好了。"

"我不是小孩！"

"噢，你当然是了。只有小孩才拥有看清事物的眼睛。"

这只海鸥可一点儿也不蠢。

蛾眉月

当我再次醒来时，天已大亮。浓密粗长的睫毛好似遮天蔽日的竹林，把阳光尽数挡在了外头，因此尽管现在已是日上三竿，我也依旧睡得香甜。

甲板上，玻璃杯随着海浪滚来滚去，正是这声音唤醒了我。

我匆忙起身，与此同时一个念头闪过脑

海：在我熟睡的夜里，船会不会已经接近了某座小岛？

我奔向船头，它尖尖的鼻子直指我们前行的方向。

七座岛屿清晰可见，虽然仍在我掷出石子能够到达的距离之外——这是我手头唯一的测量工具，但相比起昨日已经近了许多。

第一座岛上，两座山峰相向而立，似在对镜自照，检查着彼此的一花一石、一草一木，确保没有在漆黑的夜里丢失什么。

"你终于醒了。"

"早呀，海鸥。"

"睡得还好吗？"

"马马虎虎吧……"

我睡在甲板上，一个用碎布铺成的简陋小窝里。

我不记得曾经的自己在哪里睡觉，但肯定是比这柔软得多的地方。

"我骨头疼，浑身上下，每根骨头都在疼。"

"每根都疼，意味着哪根都不疼。痛苦源于对比，没有对比，自然也就没有痛苦。"

"说什么傻话！我可是很认真的，我所有的骨头都在疼！"

"它们连在一起，是一个整体，正因为这样，你才不该觉得疼。"

"行了，别卖关子，你到底想说什么？"

"你抱怨自己咳嗽，是因为其他人不咳嗽。如果大家都咳嗽，咳嗽就变成了一件稀松平常的事，自然也没人会注意到自己在咳嗽了。"

我不想再和它争论骨头或者咳嗽的问题，这简直就是浪费时间。真是只蠢鸟。

"瞧见了吗？岛越走越近了。"海鸥用嘴指了指前方。

"是我们正向它们靠近，蠢鸟。"

"你确定？"

这只海鸥，比昨天还要难缠。

我本想做出肯定的答复，可心里却有些打鼓，这世上的事情，谁又能说得清楚？

"看吧，你并不确定。"海鸥继续说道，"你们人类，总习惯从一个角度看待问题，如果有人站出来——比如一只愚蠢的海鸥——提出相反的观点，总能让你们哑口无言。"

我不是它口中的那类大人，
也不是什么没有主见的小孩。
所以不必为它的
这番评价感到羞愧。
不过我还是决定试一试，
试着从不同的角度思考问题。

我想象自己站在船上，而世界就像海水，朝我涌来。我与万物相遇，擦肩，又分离。新的问题也随之而来：是我正向它们走去，还是它们正在走向我？世人千千万万，为什么它们偏偏选择了我？是被我的意念吸引，还是说，我其实是位很厉害的法师，拥有某种未知的能力？

　　"你并没有什么未知的能力。"

　　"你怎么知道我在……"

　　"或者应该说，只有在你坚信自己拥有它时，那种能力才会苏醒。"

　　"不管有没有，我们都快到了。"

　　"那是迪迪姆岛。"

　　"什么？"

"迪迪姆，双子岛
的意思。"

"噢，是双倍岛呀！"

"不是双倍，是双子！"

"听我的，就是双倍。"

"双子。"

"双倍还是双子，有什么区别吗？"

"双倍，意味着一座岛是另一座岛的复制
品。而双子只是看起来相似，实际却截然不同。
善于观察的人，看到的是双子岛，而那些停留在
表面不愿深究的人，看到的只会是双倍岛。"

船缓缓前行，海鸥没有再说话。此时此刻，
除了这只一点儿也不蠢的蠢鸟，我能依靠的只有

大海。它无声地陪伴着我，将我推向前方。

　　岛越来越近，我大步走过甲板，跨坐在了船头。我的左腿搭在一侧船舷上，右腿搁在另一侧。我先闭起一只眼，接着又合上了另一只，想象着双脚踩在那片陌生土地上的感觉。我忘记了一切，什么也不记得，或许正因为如此，才会踏上这段旅程。

羊角月

　　得赶紧找些人手，跳上沙滩时，我忍不住想道。

　　"我需要船员，至少能帮我一起把船拖上岸。"

　　"去岛上找找看吧。"海鸥说。

　　我们迈开了步子。

　　准确点说，是我迈开了步子，海鸥扇动翅膀，跟在我身后。它时而掠过我，时而飞向远方，消失一段时间后又再度返回我的身旁。这座岛上没有路，地面硬邦邦的，布满尘土，不过对于不需要用脚走路的家伙来说，这根本算不上什么困扰。

飘浮在空中的感觉一定很好，我有些嫉妒地望着海鸥，暗暗想道。

这是一座到处都是分界线的岛。

所有的东西都被分成了两半。

其中一半岩石嶙峋，每一块石头都像是从模具里倒出来似的，形状异常规整。一座活火山正有节奏地向外喷吐着岩浆，它就像一个节拍器，一个会定时喷出碎屑和灰烬的节拍器。

火山周围，散落着一个个竹子做成的三脚架，上面摆放着直径至少三米的巨碗，碗里装满了石膏状的白色粉末。

稍远些的地方，一条清晰的黑线蜿蜒而过，不禁让人联想到凝固的岩浆河。

黑线的另一边，绿意盎然，一切都是那么原始自然，不见任何人工雕琢的痕迹。在这片纯朴的风光中，最打眼的当数那个粗壮的柱形物体，要是我猜得没错，那应该是某棵老树留下的树桩。和那些形状规整的岩石不同，时间已经将它啃噬得千疮百孔，遍体鳞伤。

树桩朝向一片开阔的绿地，两座山峰——或许是两座陷入沉眠的火山——一左一右，分立于两侧。

我的视线继续向前推进。就在那儿，在尽头的沙滩上，在那陆地向海洋过渡的中间地带，站着两个人。

"你们好啊！"我大声喊道。

她们同时转过头来。

"你好，你是谁呀？"

对于失去记忆的人来说，这是个很难回答的问题。

"无名氏！"

"这是你的名字？"

"不是，我失去了记忆，不记得自己叫什么了。"

"你总该有个名字，不然我们怎么称呼你？"

羊角月

"如果你们愿意，暂时就叫我无名氏好了。你们呢，你们叫什么名字？"

"我是日落，你可以叫我阿落。她是我的妹妹星生。"

"很高兴认识你们。"

"她不爱说话，你别介意。"

日落一边说，一边朝妹妹看去，星生将头扭向一边，避开了她的视线。这场躲猫猫游戏险些让她俩失去平衡。随后，日落重新转向我，迈着轻快的步子走来。

直到这时我才发现，她们的后背竟然连在一起。

相比起日落，星生个头儿更矮，她的腿悬在半

空，随着日落的动作不住晃动，就像一个挂在日落肩头的洋娃娃。

"我们是连体双胞胎。我知道你会问，所以先告诉你，我的时间可是很宝贵的。"

"时间宝贵？你要赶去做什么吗？"

"学习，训练，思考，分析。我是个芭蕾舞演员。或者应该说，我很快会成为一名芭蕾舞演员。"

"芭蕾舞演员？"

"没错。那是我的梦想。我喜欢跳舞。"

"不可能的，我们什么也做不成……"

星生探出头来，打断了我和日落之间的对话。海鸥落在不远处的礁石上，就像一尊铜像，静静地注视着我们。

"别听她胡说。她懒得很，什么也不想干。还好是我在控制这具身体，不然我们每天都得坐在那边的树桩上，盯着那些花花草草，唉声叹气，伤春悲秋。她一点儿用处都没有，就是个累赘。我的累赘。"

"才不是这样。是你太急功近利。你一门心思扑在练习上，整天拉伸掰腿，只在乎自己的动作和体态，一点儿也不关心周围的事儿，不关心你身后的人。要是没有我，你可就彻底孤零零的了。"

"我本来就孤零零的，一人面对着所有。而你，只是个累赘。"

"你真是个刻薄的家伙。"

"不，这不是刻薄，这是实话。我只能靠我自已。至于那些刺山柑和角豆树，在我看来就只是刺山柑和角豆树，仅此而已。我只关心我的前途，只想达成我的目标，为此我拼尽全力，努力练习。而你，不仅帮不上忙，还总是拖我后腿。我根本指望不上你。你就是个累赘，因为你的存在，我得付出比别人多得多的努力！"

"这里还有别人？"我试探着问道，可姐妹俩直接无视了我。

"是我一直陪着你，让你看清现实，脚踏实地！"

"我才不需要人陪呢。要是没有你，我会变得更好。只可惜，现实总是这么残酷。我想改变这一切，我会改变这一切，我一定要成为一流的芭蕾舞演员。而你，就待在我身后，安安静静地做一个观众吧。"

星生没有回答，她缩回了沉默的外壳中。

"日落，你这话太重了。"

"我不喜欢绕弯子，只是就事论事而已。我孤零零的，从没有想过依靠任何人。成大事者不拘小节，芭蕾舞演员可不会把时间浪费在客套上。"说完，她弯下腰，行了一个标准的屈膝礼。

我望向海鸥，它正饶有兴味地旁观着这一切。在姐妹俩的争执声中，我朝它走了过去。

"你站哪边？"海鸥问，"敢说敢做的姐姐这边，还是消极悲观的妹妹那边？"

我恼火地瞪着它："哪边都不站。"

"聪明的选择。我就是想考验考验你，看看你会不会上当。"海鸥飞了起来，它在双胞胎头顶盘旋一圈，又回到了我身边，"你得说服她们，让她们上船。"

"说服她们？怎么才能说服她们？"

"你不是一直念叨着要找帮手吗？那就想办法呀。"

"日落或许会答应，星生的话……"

"太容易可就没意思了，不是吗？"

"那你说我该怎么做？"

"你得投其所好。"海鸥凑到我跟前，它尖尖的喙直指着我的鼻子。

"投其所好？"我并没能理解它的意思。

"没错，语言的作用
不就是这个吗？
表达，沟通，理解，
这听起来容易，
却很少有人能做到。"

"可我不知道她们想听什么。"

"你可以把她们想象成你自己，或者你的一部分。"

我将信将疑地望着海鸥。这或许就是它想要的效果，点到即止，让我自己琢磨。没有别的办法，眼下我又急需帮手，也只能死马当活马医，硬着头皮试一试了。

"你们愿意和我一起上船吗？"我问道。

"不！"姐妹俩齐声回答。

好吧，万事开头难。

"为什么不呢？"

"因为我要成为一流的芭蕾舞演员，得抓紧时间练习！"

"因为我害怕外面的世界，我只想待在我的岛上，至少这是我熟悉的地方。"

　　"日落，如果你想成为芭蕾舞演员，那你必须跟我一起离开。"

　　"为什么？"

　　"因为一个人可成不了芭蕾舞演员，得有供你演出的舞台，得有欣赏你表演的观众。艺术的意义在于分享，待在这里可实现不了你的梦想。"

　　"你说得有道理，我之前没有考虑到这一点儿。好吧，我跟你走。"

没想到，
她竟然答应得这么干脆。

羊角月

"我可不喜欢拖泥带水。我会权衡利弊，然后立刻采取行动。我需要观众，很多很多观众，这样才能成为一流的芭蕾舞演员。"

"当然。我能和星生聊聊吗？"

日落以左腿为轴，转过身去，她的右脚尖掠过沙滩，画出了一道完美的弧线。

姐姐的脸庞消失在我的视线里，取而代之的是妹妹疲惫的面容。

"没门儿！"星生嚷道。

"我还什么都没说呢。"

"我知道你会说什么。你不就是想打乱我的生活吗？我讨厌一切会变化的东西。"

"为什么？"

“因为我不知道它们会变成什么样，未知让我害怕。”

“那你很了解这座岛了？”

“不尽然，但已经足够。我每天都在观察这里的山石草木。而且岛上只有我和日落，一切都很简单。”

“你为什么害怕未知？”

“因为我的处境可能会变得更糟。”

“会比挂在别人背上，被人说是个累赘更糟？”

“日落脾气就是这样，她虽然嘴上这么说，但心里是在乎我的。”

“而你也在乎她。”

"当然了，她可是我的孪生姐妹。不，应该说，我更在乎她一点儿！"

"那你一定愿意支持她，帮助她实现芭蕾舞演员的梦想了？"

"当然。"

"那就请你鼓起勇气，和我们一块儿上船吧。"

"可要是变得更糟了呢？"

"可要是变得更好了呢？"

星生沉默不语，她迟疑地望着我："可要是……"

"的确，可能变得更糟，但如果不肯冒险，连变得更好的机会都不会有。"

"为什么你如此坚持？"

"因为我需要你，星生。我一个人没法驾驶那艘船。"

"你需要我？"

"没错。"

"从来没有人需要过我。就连日落也一样。"

"或许她只是不愿承认这一点儿，其实她一直都需要着你。"

"真奇怪。"

"什么？"

"心里涌上的这股感觉。"

"你愿意帮助我吗？"

"愿意。"星生垂下眼眸，露出一抹浅浅的微笑。这是我第一次看到她展露笑颜。"我喜欢这种感觉。这种被人认可、被人需要的感觉。"

"光需要影，影需要光，
缺少其中一个，
两者都将不复存在。"

不知为何，我竟脱口说出了这句话，而它显然触动了星生。

"好吧，我们走。"

星生拍了拍肩膀，日落配合地转过身，姐妹俩的视线齐刷刷地落在我身上。

"去收拾东西吧，我在船上等你们。"

我回到船上，站在船尾，望着日落、星生渐渐远去的古怪背影。就在这时，海鸥飞了过来。

　　"你做得很好，这对姐妹的性格真是天差地别。"

　　"是你给了我灵感。"

　　"我们之前不是讨论过吗，'从不同的角度看待问题'。有时候，看起来完全相反的两面，其实是不同角度下的同一种事物。"

　　"有时候，我觉得自己也是如此，拥有不同的两面。"

　　"每个人都有两面，难的是协调好两者之间的关系。"

　　"明明迥然不同，却不得不朝夕相处，这真是天底下最奇怪的姐妹。"

"其实，你每天都在
和这样的姐妹打交道，只是
没有察觉而已：每个人都只
会把坚强的一面展示给他人，同时把脆弱的一面隐
藏。就像光和影。光与影相互对立，又相互依存，
两者同样珍贵，却很少有人意识到这一点儿。"

说罢，海鸥拍拍翅膀飞走了。

而我并不担心它会一去不回。

日落和星生上了船，我用力一推，船再度驶入
了大海。

海浪嬉戏追逐着涌向海岸，我们破浪而行，
随着波涛起起伏伏。风声、潮声都与来时别无二

致，但我的船上却多了些别的东西。是说话声、脚步声、衣物摩擦的窸窣声，那是别的生命奏出的音符。

旅行就这样拉开了序幕。又或许发现与改变本身就是一场旅行。风吹起船帆，万千思绪涌上心头，我欣赏着眼前的风景，突然觉得，其实失去记忆也没什么不好，因为我可以重新认识所有的一切。

船儿月

　　海浪亘古不变的节奏让日落焦躁不安，她不断地来回踱步，嘴里念念有词。她先是摇摇头，然后睁开眼，再点点头，长叹一口气后坐下，又很快站起身，继续在甲板上来回走动。

　　星生被迫参与着这一切，但她好像并没有被日落的心情影响，她盯着翻涌的海浪，一双眼睛闪闪发亮，畏惧中夹杂着惊叹。

"无名氏！"日落突然开口，"我们得再找些人来。我算了算，至少得八个人，左右船舷各三人，剩下两人一人掌舵，一人守在船尾。"

"有道理，日落。或许我们可以去那座岛上找找看。"

地平线上，另一座海岛现出身形，它的四周笼罩着一层薄雾，我只能看见它模糊的轮廓。

日落眯起眼睛，想把那座岛瞧得更清楚些，星生也好奇地扭过头，朝后张望。就在这时，海鸥飞了回来，它扑扇着翅膀落下，停在了一侧船舷上。

"嗨，你终于回来了！"我大声说道，"你到底跑哪儿去了？"

"它是谁？"星生惊讶地问。

"一只想吃掉我的海鸥。"

"因为他看起来很美味。不过后来我发现他还活着，于是我们成了朋友。"

"我们才不是朋友。"我反驳道。

"是吗？可我觉得你们像朋友，至少是熟悉的人。"日落若有所思地打量着海鸥，"你会飞，正好可以做我们的瞭望手。不过我们可给不了你报酬。既然你是无名氏的朋友，就不该计较那么多，不是吗？"

"无名氏是我。"我向海鸥解释，"这是我现在的名字。"

海鸥哧哧笑了："不错的名字，很适合你。"

它振翅而起，在我们头顶盘旋几圈，接着飞向远方，去履行它瞭望手的职责了。

海岸越来越近，小岛的模样也愈发清晰。

几分钟后，海鸥飞了回来："瞭望手回报，绕过那边的岩壁，有一处平静的海湾。海浪正把我们送往那个方向。"

"很好，只需要避开礁石就行。都拿起那边的棍子，利用它们避开礁石。"以船长自居的日落立刻下达了指令。

在大伙儿的努力下，船顺利绕过岩壁，轻轻停靠在岸边。我们从船尾跳下，赤脚踩上了沙滩。

"欢迎来到特拉西亚岛。"海鸥说道，它似乎对这些小岛了如指掌。

映入眼帘的景象古怪极了：大腹便便的火山鼓起肚皮，喷射出耀眼的岩浆，一朵巨大的玫瑰色棉花云笼罩在火山口上，如果仔细去看，就会发现那朵云是由无数酷似肥皂泡的小球组成的，每个小球上都有一条细缝儿，就像一张张裂开的嘴巴，不断朝外吐着火舌。这些小球不禁让我联想到火炉，那种古代用来锻造兵器的火炉。

我们小心谨慎地环顾四周，寻找着小岛的主人，这怪诞的景象或许正是他的手笔。

"有人吗？"我叫道。

有人吗……人吗……吗？

我的声音在岛上回荡，穿过一个个泡泡火炉，消散在风中。

"欢迎光临！诸位不请自来，有失远迎，还望见谅！"忽然，从一个泡泡火炉后蹦出来一个小不点儿男孩，他的头发就像豪猪的刺一般乱翘。

"不请自来？"我忍不住反问，这个欢迎词可不怎么中听。

"正是。"

他挑衅地回瞪着我，一绺头发忽地蹿起，冲上了天空。我眯眼细看，直到这时才瞧了个清楚，他脑袋上根本没有头发，那状似头发的玩意儿竟是一根根闪着电火花的尖刺。

我们相顾无言，沉默蔓延开来。

"我就是那传说中的火山之子，无所不能的创造者。"男孩又发射了一根尖刺，"很漂亮，对不对？这些刺可是我自个儿用火炉造出来的。这座岛上到处都是火炉。"

真是个怪头怪脑的家伙。

"这里只有你一个人？"我问道。

"只有绵羊才喜欢成群结队……"他的话只说了一半，又一根刺腾空而起，笔直地穿过盘踞在小岛上空的云朵，在它正中戳了一个窟窿。洁白的云朵顿时变成了甜甜圈的形状。

"我也不知道这个传说是真是假，"男孩摇了摇头，"我从没见过那个叫火山的人，也没见过我的父亲。不排除他们本就是同一个人。对我来说，这样最好不过。好了，现在轮到你们了。敢问诸位尊姓大名？来这儿有何贵干？噢，对了，我最最关心的是：你们准备什么时候告辞离开？"

男孩话音刚落，无数根刺从他头上蹿起，而我们早已见怪不怪。每次他用这种挖苦的口吻说话，都会有一根闪着电光的刺冲上天空。

"要是我没猜错的话，阁下莫非是《待客之礼》的作者？"日落针锋相对地还以颜色，她终于找到了能在口舌上一较高下的对手。

"没错，正是鄙人！"男孩傲然回答。

"不过，阁下的表现可和礼貌相去甚远，我不得不怀疑，那本书是有人代笔。"日落继续说道，脸上露出了胜券在握的微笑。

"你也一样，恐怕根本没有认真阅读。你的一言一行无不说明，你并没能领会礼貌的真谛。"

男孩寸步不让，两根刺从他头顶飞了出去。

星生扑哧一声笑了起来，日落气急败坏地呵斥她闭嘴。

在局面进一步恶化前，我适时地打断了他们："你好，我叫无名氏，这两位是日落和星生，还有这只海鸥，它叫海鸥。"

"好吧，或许我的确有些失礼，但你们也……真是些怪里怪气的名字！"

"你呢，你叫什么？"星生怯生生地问。

"秘密！"

"为什么不能告诉我们你叫什么呢？"

"我已经告诉你们了……秘密！"

"噢，好滑稽的名字！"

"嘿，你们的也好不到哪儿去！不管怎样，这就是我的名字。我不知道自己为什么会在这儿，不知道自己的父亲是谁，甚至不知道自己有没有父亲……还有比这更神秘的秘密吗？"

　　"我很抱歉。那你想念他吗，你的父亲？"

　　"一点儿也不。我从没见过他，连他长什么样都不清楚，又如何去想念他呢？所以我才叫秘密。我一直都是一个人。不知道自己从哪儿来，又怎么会知道自己是谁？"

　　海鸥歪头注视着我，从它的表情不难推测，它很清楚我正在想些什么。

　　我的心里正犯着嘀咕，秘密明明说了很多，却又好像什么也没说，他就像一个看不清、摸不着的谜团，但又如此真实，触手可及。

"去听就行了，但不是用耳朵。"海鸥在我耳旁低语，"通常我们说出口的话，和我们心中所想没有半点儿关联。

"我们编造一个个童话，
只为将真实隐藏，
因为真实总是令人受伤。"

原来这就是秘密，我恍然大悟，那些眼睛看不见，却隐藏在语言之下的东西。

"我和日落也没有朋友。"星生说，"虽然孤独，但还好我们在一起。尽管如此，我们还是觉得孤独。所以，我的意思是，你说你很孤独，我非常理解你的感受。"

星生磕磕巴巴地说道。她有些紧张，但她显然对这个刺猬似的男孩很有好感。

"谢谢，我可不需要你的同情。"秘密生硬地回答，不过这回并没有尖刺蹿上天空。

"你的小岛很漂亮。"星生依旧不肯放弃，继续做着沟通的尝试。

"这座岛让我恶心。可我只有它，所以也只能将就了。"

星生立刻意识到自己说错了话。

"抱歉，我不该多嘴。"

"不然还能怎样？要想活下去，我必须与这

座岛共生共存。这里是我的起点，也是我的终点。命运如此。它就是如此霸道，从不给你选择的余地。你只能接受，只能适应。"

"那些火炉呢？都是你做的吗？"我问。

"不是，它们一直在那儿。我猜可能是我父亲做的吧。前人栽树，后人乘凉，我只是沾了他的光而已，用炉子造出了这些尖刺。我把刺放到头上，再把它们一根根发射出去。言辞如刀，它们就是我的利刃，我的武器。我伶牙俐齿，是一等一的语言大师。至于其他人会不会受伤，那可不关我的事儿。"

"其他人？哪儿来的其他人？这里不就只有你一个人吗？"日落可不会放过这个复仇的机会，

之前的落败让她难以释怀。

"只有绵羊才喜欢……"

"噢，得了吧，这个借口你已经用过了，就没别的新词儿了吗？"日落不依不饶，步步紧逼。

害怕两人再次拌起嘴来，我赶紧开口，道明来意："要是你愿意的话，可以跟我们一起出海。我们正在寻找陆地，需要伙伴一块儿驾驶那艘船。"

"不，想都别想。陆地让我恶心！"

"为什么这么说？你去过那里？"我反问。

"不需要。我就是知道。你们从哪儿来？"

"我们也不知道自己从哪儿来。我醒来时就在船上了，不记得自己是谁，不记得自己来自何处。而我想要弄清这一切。可不只有你不知道自己是谁。"

"妙极了，又一个对自己一无所知的家伙。谁敢和你们这样不靠谱的家伙结伴上路？"

"或许见到陆地之后，你会喜欢上它。而且你也能让那些刺一展身手。"

"什么意思？还有，你凭什么说我会喜欢陆地？你不是什么都不记得了吗，又怎么可能记得陆地的模样？"秘密不客气地反问。这回依旧没有尖刺蹿上天空。

或许这就是我一直寻找的突破口，是时候行动，绕过那些扎人的刺了。

"你每天都在锻炼口舌，练习发射那些尖

刺，你心里应该也很清楚，独自一人，没有对象，没有观众，根本达不到你想要的效果。"

"根本就是毫无意义的举动。"日落见缝插针地评价，这可是让秘密难堪的好机会。

"没错。"我继续说了下去，"你的这条巧舌一定能带给大家许多欢笑。你需要观众，需要他们为你捧场！"

"没人会喜欢我的这条舌头。
我也不喜欢任何人。"

"你说得没错，但他们不喜欢的并不是你本身，而是那些你用来防御的刺。或许，有人会喜欢上你，到那时，你将不再需要那些刺，不再需要用它们来武装自己。"

"就算有人会喜欢我，我也不会喜欢上别人。"

"你这么说，是因为害怕得不到别人的喜欢。"

"得不到又怎样，反正我也不在乎……"

"要是你真的不在乎，那为什么会害怕？"

"谁害怕了？我才不会害怕呢！我只是不在乎，不在乎而已。"

在我们交流的好几分钟里，秘密头上的刺纹丝不动。

他看起来有些摇摆不定，似乎被我打动，却

又迟疑犹豫着，不肯踏出那一步。最终，秘密转过身去，他不再说话，只留给我们一个背影。与此同时，海鸥飞到了我身边，它衔住我的衣角，用力拉扯，我不得不配合地蹲下身子。

船儿月

"怎么了？"我低声询问。

"不必如此咄咄逼人。有时候，留下些许余地，秘密自然就会解开。"

"什么意思？海鸥，我怎么听不明白？"

海鸥抬起嘴巴，示意我看秘密的脑袋。他的头上，两根尖刺正噼啪闪烁着火花，它们不断颤动着，却一反常态地停留在原处，并没有飞上天空。

"刚才的一番话让秘密明白了，语言并非只能作为武器。可不用语言武装自己，他会害怕，会没有安全感。别看他这样，我相信，在他的内心深处，一定已经露出了笑容。"

"也有可能，他正在默默哭泣。"

海鸥又用嘴指了指秘密的方向："好了，现在你可以去找他，再和他谈谈了。"

我走了过去，停在距离秘密一步远的地方。

"秘密，一生总得冒一次险。"我轻声说道，"最坏的结果也不过是重回这里，继续向天发射那些尖刺而已。"

秘密猛地转过头来，他的眼里噙满泪水："可要是……"

"胜者，只会是那些愿意冒险的人。"日落说道。

"我永远都是胜者！"

一根刺笔直地飞上天空，击中了我们头顶上方孤零零的云朵。云儿哭了起来，泪珠淅沥沥地落下，虽然只有寥寥数滴，却让人倍感舒爽。

"你这是答应了？"

"看来你也没有我想得那么笨嘛。"

说完，秘密笑了起来。我也露出了笑容。

"出发吧。"

我们再次登船出海。日落仍对此前的失利耿耿于怀，她把一腔怒火尽数发泄在了船帆上。她的身后，星生和秘密正假装不经意地相互打量。我和海鸥站在一旁，观察着这古怪的三人小组。

"没错，的确如此。"海鸥突然说道。它一定是故意为之，想让我误以为它看透了我的心思。说来也是奇妙，当我模仿海鸥，从旁观者的视角审视自己时，竟惊讶地发现，我能更清晰地读懂自己的想法。

"刺让人害怕，"海鸥继续说道，"它的主人用它来保护自己。但有时候亮出它们，是为了吸引旁人的注意。"

"可秘密说过，他并不在乎别人的看法。"

"假装不在乎，是因为害怕得不到同等的回报，所以我们一直原地踏步，被动地等待，直到……"

"直到？"

"你来说说看呢。"

我又瞅了瞅正暗暗观察、研究着对方的秘密和星生，心中登时有了答案。

> "直到有人走向我们，
> 接纳我们的尖刺，
> 不被它们所吓退。"

海鸥赞许地笑了。

"总结得不错，无名氏。其实打一开始，秘密就想跟着我们离开，但他害怕我们以他的外表来评判他，所以才一直冷言冷语，和我们保持着距离。只要我先刺伤了你，你就没法再来伤害我。"

"那他之后为什么改变了主意？"

"因为他意识到了，这么做受伤最深的永远

都是他自己，是他让自己失去了快乐的可能，失去了拥有朋友的可能。"

"就这么简单？"我有些不敢相信。

"就这么简单。只要我们愿意，都能与自己的尖刺和解，我们可以放任几根刺飞上天空，戳破云朵，让那里面的泪水倾泻下来。"

渐半月

　　船长日落给每位船员分配了任务，我们全身心地投入各自的工作中，甚至没有发现前方出现了一座新的小岛。

　　和煦的海风推搡着破破烂烂的木船，将它送到了一处平直的海岸。我们用绳子固定好船只，接着跳上了沙滩。

　　"这是海克西亚岛，"海鸥说道，"一座祈

愿岛。"

"祈愿?"星生一扫沉默，好奇地发问。

"没错。每个人都有愿望，都有想要得到的东西。"海鸥回答，"在某门古老的语言中，海克西亚正是'祈祷者'的意思。"

"这不就是你一直渴望的吗，星生？终日祈祷的生活！"日落不无嘲讽地说道，像是在提醒自己的胞妹，两人中她才是拥有决定权的主角。

海克西亚岛真是一座非同寻常的小岛，从高处俯瞰，好似由一颗颗拖着尾巴的流星交织而成。但当你走近打量，就会发现这些流星其实是一面面不同颜色的墙壁，有的披着艳丽的锦缎，有的身裹华美的薄纱，有的描绘着各种捕猎场景，还有的俨如冷硬的金属、嶙峋的岩石，更有甚者，宛若一缕缕缥缈的云，一朵朵梦幻的花。这是一场形状与色彩的狂欢，它们纠缠在一起，构成了一座五彩斑斓的迷宫。

除此之外，岛上不见任何人影。

"这恐怕是一座荒岛。"我失望极了。

"我们需要人手，"日落斩钉截铁地说道，"去四处找找看。"

她一边说，一边朝着某个方向迈开了脚步。秘密露出嘲讽的笑容，一根刺从他脑袋上蹿起，而海鸥就像一只觅食的秃鹫，在我们头顶盘旋打转。

走了几百米，日落突然停了下来，我们也跟

着她止住了脚步。两根巨大的石柱出现在我们眼前，柱头上一左一右，耸立着两尊水泥面具，一个愁眉不展，一个笑容可掬。柱子后面是一条蜿蜒而上，通向山顶的小道。

我和日落率先跨过了这扇无形的大门："都跟紧一点儿，要是走丢可就麻烦了！"

"我来带路，"日落说，"这样的话，我背后的星生可以照看着大家。"

"交给我吧。"星生小声应道。这是她第一次被委以重任，为团队贡献自己的力量。

"秘密，每个转角你都发射一根刺，这样我们就能找到回来的路。"

"刺只有在我动舌头的时候才会飞起。"

“那就动舌头好了。这回你的刺能帮上大忙。”星生循循善诱。

“要是你愿意的话，可以把我当成那些刺的目标。”我自告奋勇。

秘密没有接话，他哂笑一声，两根刺腾空而起。我们在一面面彩色墙壁间穿梭，空气静悄悄的，除了我们偶尔发出的声音外，再没有其他生命存在的迹象。

星生随着日落的动作不住晃动，眼一眨不眨地盯着我们，确保所有人都跟上了队伍。突然，一阵窸窣声传入了我们的耳朵。

“这里不只有我们。”星生悄声提醒。

“什么意思？”秘密立刻问道，星生说的每

一句话他都仔细地听在耳中。

"还有其他人在。虽然看不到他，但我能听见他。我听见了他的呼吸声。"

我们停了下来，警惕地打量着四周。

"在那儿，快看！"星生叫道。

那并不是实体的人形，而是一抹明亮的剪影。它掠过金灿灿的灯笼花墙壁，在另一面墙上一晃而过，那堵墙描绘的是夜幕下的海港。

我们屏气凝神，那抹剪影也敛去了声形。

很快，微弱急促的脚步声响起，剪影再度出现，它离开港口，奔向了画着火红色热带水果的墙壁。

"别躲了，小姑娘，我们看见你了。"

"你们是谁？到这儿来做什么？"

一个声音响起，正是水果墙的方向，如果我推测无误，声音的主人应该就躲在番木瓜那里。

我试探着开口："你好，我叫无名氏，这些是和我一块儿旅行的朋友，日落、星生、秘密和海鸥。别怕，我们并没有恶意。"

"当然，要是你想的话，我们也可以开战！"秘密嚷嚷，一根刺紧跟着蹿上了天空。

我瞪了他一眼，余光里，剪影再次动了起来。她离开番木瓜，一溜烟儿地跑向了标注着拉丁文名称的十二星座墙壁。

"别走！秘密在和你开玩笑呢，他的刺没有危险，他就是这样，口无遮拦，习惯就好了。我们只想和你聊一聊。"

"我没什么可聊的。"
细细软软的声音
从双鱼座的方向传来。

"那先做个自我介绍好了。你叫什么名字？"

"希望。"

剪影的回答实在太轻，我不得不再问了一遍。

"希望。"她重复道，这次的声音响亮了不少。

"希望，真是个好名字。"星生赞叹。

"你一定是地球上最长寿的人！"秘密调侃。

这一次，他的话成功逗乐了大伙儿，就连希望也跟着笑了。

"你的声音怎么总是这么小？"星生问道，

她努力地向后张望。为了保持平衡，日落不得不侧过了身。

"因为……因为我很害羞。"希望结结巴巴地回答，她每说一个字，舌头都会紧张地打战。

"你在哪儿？为什么我们看不见你？"

"因为我是透明的。不，准确点说，我就像一只变色龙，会根据周围的环境变化。我靠近哪堵墙，就会变成和它一样的颜色。"

"太神奇了！"星生叫道，她很少用这么活泼的语气讲话。

"我天生如此。从来没有人注意到我的存在，所以我努力让自己融入周围的环境，至少这样不会惹人讨厌。我身后的墙上画着双鱼座，所以我变成了双鱼座。虽然我是巨蟹座，但我不想惹得其他人不高兴，只要不被讨厌，做个双鱼座也没什么不好。"

这么说着，她慢慢挪向一旁，观察着身后墙壁上和她一模一样的图案。

而我们也终于看清了她的脸。她白得惊人，睫毛纤长，一头微卷的长发垂至后背。

一个全身雪白，像是牛奶做成的女孩。

"你真漂亮！"我忍不住惊叹。

她立刻缩回了墙边，白色消失了，取而代之的是深蓝色的天空和无数金色星星组成的星座。

"不，求你，别这么说。那个，我的意思是谢谢夸奖，但请你们不要谈论我！"

"正有此意，那我们来聊聊岛上的其他人好了。"秘密说。

"岛上哪有什么其他……"日落插进话来，但她很快意识到自己落入了秘密的陷阱。

秘密一副胜利者的姿态，一根根刺离开他的脑袋，蹿上了天空。

"好了好了，伙计们，别吵架，我们正和新朋友打招呼呢。"我打断他们，继续和希望交谈，"你在这个迷宫里做什么？"

"听说迷宫中央有一个很大的舞台。我想成为一名演员，所以准备赶到那儿去。"

"你这么害羞，怎么做演员？"我很是不解，"在那么多人面前表演……你能行吗？"

"成为演员登台表演，其他人看到的将不再是我，而是我扮演的角色，我也不用再提心吊胆，担心被人讨厌了。"

"你就那么害怕他人的评价？"我如是问道，却又忍不住暗自思量，自己是不是也和希望一样，畏惧着他人的眼光。

"是的，那让我恐惧，让我喘不过气来。而演员就没有这样的烦恼，他们什么也不用怕。"

"我可不这么认为。"

"而且演员可以自由决定扮演的角色。我决定扮演那些勇敢的女性，她们无所畏惧，天不怕地不怕。这样的话，舞台上的我也就天不怕地不怕了。"

"我不明白，既然你决定扮演那些女性，为什么现实中就不能勇敢一点儿呢？"

"现实中的我胆子很小。我从不做决定，因为决定总是伴随着犯错的风险。一旦犯错，所有人都会指着我的鼻子说我错了，说我辜负了他们的期待。我无法左右他人的思想，只能逃离他人的眼光，所以我才需要舞台，在那里，我不会犯错，我只是在扮演某个角色！"

"可是除了舞台，你还需要观众。"

"眼下我只想要一个舞台。至于观众……或许将来会有。不过我希望永远不要有。我非常非常胆小，观众让我害怕。"

"没有观众，表演就不能称为表演了。"日

落说道。

希望重重叹了口气，她直勾勾地盯着前方，目光在虚空中游走，躲避着一切可能的视线接触。

"演员需要观众，这个道理我当然明白，只是……只是我觉得一个人更加自在。在这座迷宫岛上，没有人打量我，没有人评判我，我可以做我自己，而不必在意他人的眼光……虽然有时候我会觉得孤单，但这是必须付出的代价。"

翅膀扇动的声音响起，伴随着一声尖锐的啼鸣，海鸥飞了过来，落在了我们当中。它沉默地注视着我们，尖尖的嘴巴就像人类的食指，轮流指向在场的每一个人。

> "独自一人，
> 走不了远路。
> 虽然不会受伤，
> 但也不会成长。"

　　"可是独自一人不会有烦恼。就算真像你们说的那样，做不了演员，至少也不会受伤。大家都不喜欢小岛，不喜欢这种无法排解的孤独。但我和他们不同，我喜欢这里。在我的岛上，没人对我指指点点，评头论足。"

　　"你一直反复强调这一点儿，为什么会这么害怕他人的评价呢？"我好奇地追问。虽然我失去了记忆，但曾经的我或许也有着同样的烦恼，希望的恐惧或许也是我的恐惧。

希望停下脚步，叹了口气。看得出来，她并不想直面这个问题。秘密抓住空当，发射出尖刺，在来路上留下标记。我们仿佛一直在原地打转，明明只走了几分钟，却像是徘徊了许久许久。一成不变的风景让我失去了时间的概念。

"我害怕……害怕犯错，要是台下坐着观众，他们很可能察觉这一点儿。我怕自己不配做一个……"

"就算犯了错又怎样呢，有什么损失？"

"大家肯定会认为我不是一个好演员。"

"你难道不是吗？"

"我也不确定。"

"如果你真不是，他们也不过说出了事实而已，说出了一件你早就心知肚明的事。"星生突然开口，她从日落身后探出头来。

大家的目光都集中到了她身上。

"有道理……"

星生露出笑容，继续说了下去："谁规定你必须是一个好演员呢？你喜欢表演，那你所做的一切都是为自己而做，而不是为了迎合他人的眼光。"

日落盯着自己的胞妹，就像在看一个素不相识的陌生人。星生的这番话似也触动了她的心弦。这番看似随意的交谈，正牵引着我们前往某个方向。

"可我该怎么做，才能摆脱这怎么也甩不掉的恐惧呢。"希望问道。此时我们已经重新迈开了脚步，在迷宫中穿梭。路仿佛没有尽头，上坡，下坡，左转，右转，每一处起伏，每一个拐角，都仿佛复制粘贴般一模一样，没有任何差别。

"你不是演员吗？你可以假装已经摆脱了它。"

希望深深地吐出一口气，像是从心上卸下了什么包袱。

"我是个好演员，这点毋庸置疑，不然这么害羞的我，也不会如此执着地想要登上舞台了，对不对？我不能让恐惧埋没我的才能。"

说出这番话的希望羞红了脸，浓郁的红色不断蔓延，让她从周围的景物中凸显了出来。我们看清了她，她全身上下都变得红彤彤的，漂亮极了。

"你终于肯出来了，"星生对她说道，"红色的你也很美丽！"

这句突如其来的夸赞让希望意识到，她竟然拥有了自己的色彩，她惊讶地观察着自己的手臂、肚子，还有双腿，它们不再与墙壁融为一体，不再是画中的一束光或者一抹影。

"求你，别再说了。"希望怯声恳求，又变回了和墙壁相同的蓝色。

就在这时，海鸥从一面墙后飞了出来。它模仿着希望，一直躲在一旁，直到此刻才款款登场。

"我也想感受一下，身为隐形人，却又不想做隐形人的滋味。"海鸥的表情意味深长，"怎么说呢，真是一种相当奇怪的感觉。"

希望朝海鸥感激地一笑，眼中闪烁着泪光。这只海鸥远比她想得更聪明、更敏锐。

"我们每个人都是演员，亲爱的希望。"海鸥说，"我们在舞台上展示自己，接受赞美和批评，但无论如何都别忘记，欣赏表演的并不只有他人，还有我们自己。我们才是自己最为忠实的观众。"

"我们才是自己最为忠实的观众……"希望嗫嗫地重复。

"要加入我们吗？"我向希望递出了橄榄枝，"我们正在旅行，需要伙伴一起驾船。"

"尤其需要希望！"秘密在一旁嚷道，他终于等到机会活动活动舌头了，一根闪着电光的刺嗖地飞起，点亮了天空。

大家都笑了。包括希望。

"要是你能来，我会很高兴。"日落说，她舒展唇角，露出了笑容。这段经历，还有星生和海鸥的一席话，或许让她意识到了，她其实和希望非常相像。

我们盯着希望，心里七上八下，等待着她的回答。

"好的，我跟你们走。"希望垂下视线，身体又染上了淡淡的粉色。

大伙儿齐声欢呼，日落更是在原地转起了圈，她背后的星生也跟着她一道旋转，甩起的手脚就像直升机转动的螺旋桨。十几根刺脱离了秘密的脑袋，如同嗖嗖蹿起的烟花，差点儿击中正在空中盘旋庆祝的海鸥。

希望从头红到了脚，可她还是鼓起勇气问道："跟你们走的话，那个迷宫中央的舞台，还有我要表演的节目又该怎么办呢？"

"我刚才巡视了整座岛，这里根本没有舞

台，这座迷宫也没有出口。"海鸥回答，"舞台在何处，由你自己决定。登台表演的时机，也掌握在你自己手中。"

希望转过身，将视线投向远方的木船。此刻的她就像是站在舞台上，面对着即将拉开的幕布和翘首以盼的观众。

"出发吧，我准备好了！"她大声说道，掀开那想象中的帷幕，迈着坚定的步伐，踏上了征程。

几分钟后，我们回到了船上。古怪的航海小队终于初具雏形。

秘密站在船头，眺望着地平线，日落一如既往地下达着各种指令，不过她的语气变得柔和了许多，不再像之前那般生硬冰冷。她不时看向星生，为了不被发现，她的目光只会短短地停留一瞬，但事与愿违，她的小动作并没能逃过星生的眼睛。新成员希望有些手足无措，不过我相信，她很快就能找到自己的位置，融入这个集体。一众人中，只有我立于船尾，和停在舵上的海鸥待在一起。

"她是透明的，却一直渴望被人看见。"我轻声说道。

"她会成为一名出色的演员。她拥有如此强烈的情感，能让自己也染上相同的色彩。共情能力是一种非常宝贵的财富。我们自身的局限也是如此，它们既是阻碍，也是动力，能够激发出我们隐藏的才能。"

"你的意思是，希望已经解开了心结？"

"我倒希望她没有。"

"为什么？"

"归根结底，是'透明'这一心结让她萌生出成为演员的愿望，是胆怯促使她思考表演的意义，是恐惧让她反思自己的不足。正是这一个个局限，推动她不断向前。"

"不管怎么说，现在的希望已经和以前不一样了。"

海鸥笑了起来。

"确实不一样了。现在的希望学会了直面这些情绪，学会了管理它们，但这并不意味着她会忘记它们的滋味。现在的希望明白了，现实中的她同样可以随心所欲，扮演不同的角色，既可以坚强勇敢，也可以腼腆害羞；既可以热情洋溢，也可以愁绪萦怀。我们都是演员，你也一样，无名氏，虽然你忘记了自己的角色，但你很快就会回想起来，等着瞧吧。"

上弦月

　　我有了自己的船队。虽然和想象中的不太一样，但总归有了属于我的船队。我依旧不知道自己是谁，也想不起自己的过去，可我却拥有现在，拥有此刻，拥有这段穿梭于小岛和海浪间的旅程。

　　日落坐在右舷，不划船的时候，她会抓着船舷，一丝不苟地练习各种芭蕾舞动作。

　　她背后的星生好似顽童手中的布娃娃，尽管

百般不愿，却还是跟随着她的动作，不停地左摇右摆。

她们身后坐着希望，她双手握桨，整个人都染上了和船桨一样的颜色。她的动作略显生涩，船桨拍打海面，溅起朵朵水花。每每此时，星生都会发出银铃般的笑声，两个女孩心照不宣，交换着会意的眼神。日落对身后发生的一切毫不知情，她完全沉浸在了练习中，根本没有心思留意其他。

每当日落向前弯腰，用手指触碰脚尖，星生都会像即将落水似的捏住鼻子。她皱着脸，向希望挥手道别，下一秒，便随着日落弯腰的动作，头朝下地没了踪影。很快，日落张开右臂，优雅地直起身，而星生也随之"浮出水面"。每次"死里逃生"，星生都会扮出各种鬼脸，旁观着这一切的希望不得不用双手捂住嘴巴，以免笑出声来。

　　船的另一侧，我和秘密整齐划一地挥动着船桨，瞭望手海鸥在空中为我们领航。前路漫漫，不知还有多少艰难险阻，要想完美地驾驶这艘船，我们需要新的伙伴。冥冥之中，老天似也伸出了援手，不多时，我们便抵达了一座新的小岛。

　　这座岛的准确名字连海鸥也不清楚，好像叫什么斯特龙戈利，又或者斯图姆洛。从海上看，整座岛犹如一个巨大的转轮盘。岛屿正中，吹制的玻璃圆顶分外醒目，它的周围镶嵌着白色和粉色的小方格，最外侧点缀着五颜六色的岩石碎片。

赤、橙、黄、绿、青、蓝、紫，所有你能想到的颜色，都能在这里找到。小岛时而转动，时而停下，毫无规律可言。当它开始旋转，速度会越来越快，越来越快，各种颜色逐渐融合，最终变成一片雪白。随后，小岛转动的速度渐渐放缓，它会随机挑选出一块碎片，变成与之相同的颜色。

船缓缓驶向狭长的沙滩，我们都被这奇妙的景象所吸引，直到一抹旋转的蓝色身影闯入视线。

正指挥着大伙儿的日落突然安静下来，好奇地观察着这位来客。秘密不得不跳入水中，将船推向不远处的海岸。水并不深，只浅浅没到膝盖，我在一旁掌舵协助，控制着船前行的方向。

"你可真像一个陀螺！"日落惊叹，"转

圈的话，我也很在行，我能一口气转三十六个圈呢！"

听日落这么说，星生立刻抓住了船舷，要是日落真的转起圈，她可就要遭殃了。

"欢迎光临！"陀螺朗声说道。

害怕又出现什么不可控的场面，我连忙开口，做起了介绍："非常感谢。我叫无名氏，这几位是日落、秘密、星生和希望，那边飞来飞去的是海鸥。"

此时船已停稳，我们纷纷跳上沙滩。

"是的，你没听错，一只名叫海鸥的海鸥。"秘密可不会放过任何活动唇舌的机会，"我们就是那驰名海上的古怪军团！"

一根刺嗖地蹿起，在陀螺饶有兴致的注视下飞上了天空。

"我叫转不停。"陀螺也做起了自我介绍，"这是我的小岛，我在这儿出胜①。"

转不停的口音让人很难理解他的意思，我求助似的望向海鸥，可海鸥并不打算帮忙，它拍拍翅膀，飞了开去。

"抱歉，我没怎么明白……"日落迟疑地开口，显然，被难倒的并不只有我一人。

"真是个好名字，你的这身蓝色也很纯净漂亮。"我试图化解这突然降临的尴尬气氛，同时

①即"出生"，为转不停口音。

用余光寻找海鸥，它已经飞远，朝着礁石的方向去了。

"是很漂亮，但这只是暂时的。我不会在一个颜色上停留太久。我会变化，一直变化。你们呢，你们现在的颜色是什么？"

我和秘密面面相觑，星生也朝希望眨了眨眼。至于日落，她的全部注意力都集中在了转不停无可挑剔的动作上，压根儿没把这些话听进耳中。

"现在的颜色，什么意思？"我不解地反问。

"我时刻都在改变颜色。我讨厌一成不变，

讨厌被定义。我喜欢自游①。"

我犹豫再三，最终还是鼓起了勇气："我能问你一个……比较隐私的问题吗？"

"当然，问吧，虽然我知道你会问什么，也已经想好了答案。"转不停回答，他一刻不停地转着圈，让人分不清他究竟是在对谁说话……我甚至不知道他的脸在哪里！

我深吸了一口气。

"你是男生还是女生？"

"你呢，你是男生还是女生？"没想到转不停又把皮球踢了回来。

---

① 即"自由"，为转不停口音，后同。

"别用问题来回答问题！"

"你刚才不就是这么做的吗？"

真是个难对付的家伙。不过他说得没错。

"好吧，我是男生。"我老老实实地回答。

转不停扑哧笑了。

"你可真是一板一眼。"

"这可不是一板一眼！我生来就是如此！"

"并非生来如此，这只是你给自己下的定义，又或者别人替你贴的标签。"说到"生"字的时候，他弯弯手指，打了一个引号的手势。

"你把我弄糊涂了。"

"这样最好。人就得糊涂，不去定义自己。我从不给自己下定义，就像这座随时改变颜色的小岛，我每天都会变成不同的样子。"

"明白了。不过转不停，你应该也有喜欢的东西，对不对？"

其他人一言不发，都伸长了耳朵，听着我和转不停的对话。

"当然了，但它们并不足以定义我。而且我的喜好也会改变，不停地改变。我是一个自游人。"

"一个自由的男生，还是一个自由的女生？"

"那得看时间和颜色。"

"你的话可真难懂。"

"因为你已经习惯了分门别类，习惯了条条框框。而我和你不同，我不被任何规则所束缚。"

他可真是自信满满，或者用他的话说，"自

信漫漫"。而我依然不明就里，一头雾水。

"早上睁开眼睛时，我是男生，可能两小时后，我又变成了女生。

"我可以爱上任何人任何事，
又或者谁也不爱，
独善其身。
我拥有无限的可能。

"现在我站在这片蓝色土地上，但这并不意味着它就是我的家。要是我想，我可以转着圈，前往上面那片绿色的地方，下面那片红色的地方，或者后面那片紫色的地方。它们都不是我的家，又都可以是我的家。"

"没有家，你不会感到孤单吗？我的意思是，没有一个永远属于你的家？你还记得自己最初的颜色吗？"

转不停终于停下了一瞬："我最初的颜色？"

"是的，你最初的家，你的来处……"

"我不记得了。"转不停回答。

日落摇摇头，她双手抱胸，噘起了嘴巴，不再用欣赏的眼光打量这位转圈高手："你只是在迷茫，不知道自己想要什么。"

"我是自游的，我才不眯茫①。"转不停

---

① 即"自由的""迷茫"，为转不停口音。

反驳。

"那我问你，如果你必须从我们之中挑选一个，你会喜欢上谁？"

"你、她、你们所有人，或者谁也不喜欢。又或者只喜欢我自己。我从不做选择，我可不会被你定义！"

"做出无数选择，是为了不做选择，还有什么比这更偷懒的法子？"秘密一针见血地指出。

"不是的！我只是爱着一切，又什么都不爱。"

"爱着一切，又什么都不爱？多么精彩的回答，哥们儿，我都快忍不住为你鼓掌喝彩了！"秘密嘲讽地回击，两根刺脱离他的脑袋，飞上了天空。

"我说过了，我是自游的！你们怎么就是不明白！"

再这样下去，场面一定会失控。已经过去了快半个小时，海鸥还是没有回来。要是它在就好了，我不禁想道，但很快，另一个念头闪过了我的脑海，有没有可能它是故意离开的呢？

"如你所说，或许你是自游的。"我努力模仿着转不停的口音，"如果真是这样，我衷心替你感到高兴。但也许是因为你在迷茫，所以才一直没能做出选择。你觉得呢？"

转不停的速度慢了下来，我终于能分辨出他的脸了。

"我不想选择。为什么必须选择呢？看来我们没法做朋友，请离开吧，这里已经不欢迎各位了。"

　　"你在害怕！害怕我们，害怕除你之外的所有人！"秘密忍无可忍，再次开口了，"你只想寻求认同！"

　　"我谁也不怕！我只是想单杜①待着！"

　　"又或者，你只是害怕相信他人。"希望羞答答地说道，或许她在这个不断旋转的家伙身上看到了自己的影子。

　　转不停蓦地变了脸色。这句话也让我们安静

---

①即"单独"，为转不停口音。

了下来，大家沉入各自的思绪中。一时间，只听得见沙沙的浪声和飒飒的风声。

接着，日落转起了圈，她背后的星生也跟着她一块儿旋转。很快，希望加入了进来，再然后，秘密也跟上了她们的脚步。就像这座不停旋转的小岛，他们转呀转呀，速度越来越快，越来越快，他们的脸越发模糊，身上的颜色也如走马灯般不住变换。

或许在我的内心深处，也想将自己藏进那不断变换的色彩中，随波逐流，不做选择，也不怕犯错。或许我也可以拥有这样的自由，反正我失去了记忆，忘记了自己的来处。

我的朋友们继续转着圈，我面前的转不停同

样如此。

"我想，将来的某一天，我会喜欢上某个人。虽然现在我还不知道她的模样，但在我决定喜欢她的瞬间，我会做出选择。"

转不停笑了起来："那是因为你已经先入为主地认定，每个人都会找到他的意中人。"

"好吧，或许你说得有道理。但不管怎样，在人生的某个时刻，每个人都不可避免地需要做出决定，做出选择，而你却……"

"而我对现状非常满意。"

谈话似乎走入了死胡同，日落、星生、希望和秘密筋疲力尽地停了下来，看来这一次我们将失望而归。就在我一筹莫展之际，一阵羽翼扇动的声音又让我重新燃起一丝希望。海鸥回来了，可它并没有停到沙滩上，而是降落在了海面，距离岸边几米远的地方，随着波涛一起一伏。

"独来独往，的确是很有勇气的选择。但前提是，那是一个选择。"海鸥说道，"如果那不是选择，你大可挣脱它，去追寻真实的自我。"

转不停疑惑地望着海鸥，他并没能理解这句话的意思。

"我也是个独行侠。"海鸥说，"如你们所见，我从不与人结伴。但这是我的选择，是我内心真实的想法。所以，我虽然看起来形单影只，却并不孤独。"

海鸥乘着海浪不住起伏，转不停若有所悟，

他的视线一直追随着海鸥，也跟着海浪的节奏起起伏伏。

"至少现在，我不会喜欢上某个人。"秘密说，"这是我的选择。"

"只要是你自己的选择，就是值得尊重的选择。"海鸥说道。它望向了我，转不停也顺着它的视线看了过来。

"你愿意加入我们一起旅行吗？"我心领神会，开口问道。

"为什么要跟你们走呢？"

"因为这将是一个选择。"海鸥回答，"因为树挪死，人挪活。你一直都只围绕自己转动，从未真正向前踏出过哪怕一步。"

"我可以自由决定去做谁、怎么做、何时做吗？"

　　海鸥振翅而起，朝着船的方向飞去："当然，你始终拥有选择的权利。只要那是一个选择。"

　　转不停的速度越来越慢，终于停了下来，这让我们得以看清他的模样。他有着一张长脸和一头短发，一双手臂又细又尖，帮助他在旋转的时候保持平衡。他的身体呈流线型，看起来既古怪，又和谐。

　　"那么，你要来吗？"日落催问道，她还是那样，不喜欢弯弯绕绕。她很嫉妒这个无法做

上弦月

出选择却能转出完美圈圈的家伙。

转不停露出一抹灿烂的笑容，他并没有用语言回答这个问题，但他的答案已经不言自明。

而这是他做出的选择。

"其实你只需对他说'停下来'就好。"我和海鸥站在船头，趁着四下无人，它同我咬起了耳朵。

"我可没你那么聪明。"我气呼呼地反驳。

"只有跟随自身意志跋涉过的人，才懂得停下的重要。也只有这样的人，才懂得听从内心的声音，懂得接纳自我。"

"为什么他一直不停地旋转？"

"因为他害怕面对停下后的空虚。"

"那要怎样才能克服这种恐惧？"我替转不停问道，或许，也是在替我自己发问。

"接受独一无二的自己，
拥抱每一份差异。"

我反复咀嚼着这句话。趁着我思索的当儿，海鸥踱着步子走开了。望着它一摇一摆的背影，我忍不住想道，当我们人类收起翅膀行走于大地，或许也和鸟儿一样，跌跌撞撞，笨拙滑稽。

渐盈凸月

一路上风平浪静。如今我们的船队已颇具规模，大家已经能够熟练地利用风势，摆弄起船帆船桨时也越发有模有样。

"陆地！陆地！"日落突然惊叫起来。

"是岛！"秘密纠正。

"两座岛。"希望补充。她松开船桨，站起身来，想把前方的景象看得更清楚一点儿。

希望说得没错，的确是两座岛，两座看起来相似却又各有特色的岛。

"把帆都放下来，左边的人停下，右边的继续划船！"日落下达着指令，现在船上的一切事务都由她一人说了算。

"先去那边瞧瞧。"她指了指离我们最近的那座岛。

环绕着小岛的海滩上沙丘密布，袖珍的侏儒火山点缀其中。这些火山正不断向外吐着云朵，云朵的形状千奇百怪：有不断变大的美人鱼，结着巨大果实的椰子树，还有小巧可爱的纸飞机。岛的最高处，一缕玫瑰色轻烟袅袅升起，其间有一个漩涡，源源不断的水流正从那里旋转涌出，

水花飞散四溅，消失在小岛各处。

"快看！"星生叫道，就算是在叫嚷，她的声音也依旧轻柔得如同羽毛，"那里有人！"

我们朝着星生所指的方向看去，一颗颗水蒸气椰果正接二连三地从椰树云后蹦出。

有人正躲在那里，将云儿捏成不同的形状。

我们慢慢走近那里，屏气凝息，小心翼翼，可谁想，迎接我们的竟是一抹纯真无邪的笑容。

"我是公主！"

藏在树后的神秘人物竟是一个古灵精怪的小不点儿，她的衣服上缀满花边，头上扎着花花绿绿的小辫儿。她蹦蹦跳跳地迎向我们，唇角高高扬起，一双眼睛就像天上的星星，熠熠生辉。

终于遇到了一个快乐开朗，看起来一切正常的家伙。我暗暗庆幸。

"公主是你的名字，还是你真是一位公主？"希望好奇地问道。

"我是公主！"小女孩脆生生地回答。

"我们没有聋，这究竟是你的名字，还是称号？"日落追问，她讨厌一切浪费时间的事，小女孩的回答无疑让她失去了耐心。

"我是公主！"

"怎么，你真是公主？"秘密语调讥讽。

而答案还是那句："我是公主！"

"这家伙翻来覆去，就只会这一句话！"日落不耐烦地总结。

"别这么粗鲁，日落。"星生轻斥，她转向女孩，同她打起了招呼，"你好呀，公主，你在这儿过得还好吗？"

公主惊讶地瞪着星生，仿佛从没有人问过她这种问题。只见她抬起手，指了指不远处的云朵。那应该就是她的回答。

"什么意思？"星生耐心地询问。

"我是公主！"

日落可不喜欢拖拖拉拉，她立刻走向了那朵飘浮在半空的云。我们尾随着她，从女孩身旁走过，而她本人则留在原地，眺望起了大海。

等我们走近一看，这才惊觉，那朵云上描绘的竟然是连环画中的一幕场景。不，准确来说，应该是某个故事的一部分——那位公主的故事。

更奇特的是，当我们打量其他云朵时，发现每朵云都被分作了两半，一半画着某个图案，另一半画着它的对立面。左右两半泾渭分明，就如同善与恶、黑与白。

"真有趣。"转不停啧啧称赞。

"什么？"星生一脸好奇。

"你仔细看看，美几乎都对应着丑，这让我联想到善良与邪恶。"转不停就如艺术评论家般头头是道地分析起来，"或许创作者是想借此表明，两者相依相生，缺一不可。"

星生害羞地表达了认同："没错，你们看其他云朵，美和丑总是一块儿出现。"

"不对，你再好好瞧瞧，美丑并不完全对等，有一方其实占据了上风。"

一番观察后，我们踏上了返程的路。除了"公主"这个名字，如今我们对女孩的了解又多了一点儿。她依旧背对我们，注视着大海。望着她的背影，我们惊讶地发现，创作者竟然也和她的作品一样，从中分作了两半。"公主"只是她的正面，而她的背面……竟是一片空白！她就像一个狂欢节面具，展露给他人的那一面完美无缺，被藏起的那面是何模样，却无人知晓。

我走到女孩面前，迎上她的视线。

"你好呀，公主，你的那些云可真漂亮。"

公主咯咯笑了，就在这时，她身旁的侏儒

火山喷出一朵未加工的云来。公主一把抓过它，胖乎乎的小手上下翻飞，眨眼间便将它捏成了一束玫瑰花，作为谢礼送给了我。虽然有些玫瑰掉光了花瓣，我还是感受到了创作者努力释放的善意。

"谢谢，它们很漂亮。你也一样。"

公主羞红了脸，她揪过另一朵云，捏出一面窗帘，藏到了后面。

望着探出头来对我微笑的公主，我试探着问道："要不要跟我们一起走，或许能找到你的另一半也说不定呢？"

我的提议让公主露出了惊讶的表情。或许她并不知道自己只有一半，又或许她很清楚，却不想承认这一点儿。

"我和日落是连体双胞胎，"星生飞快地说道，"虽然性格截然不同，却谁也离不开谁。或许你也需要另一半，你尚未看见的另一半。"

这句话就如一颗投入水中的石子，激起层层涟漪，大家似都有所感悟，空气突然安静了下来。

我可不想思考什么大道理，那让我头痛欲裂，但我不得不承认，星生说得很有道理。

或许正是这不同的两半，

拼合出了如此相似的我们。

"没有星生——我的反面，我将不再完整。"日落一反常态，语气温柔地说道，"我们都需要反面，需要不同。"

　　"我们都需要他人。"海鸥突然开口了，通常这种时候它都会保持沉默，让我们自己寻找答案。

　　"不同"这个词似乎触动了公主，她取过一朵云，将它染成了七色的彩虹。

　　"没错，就是这样。这就是不同，瞧，很漂亮，对不对？"转不停在一旁补充。说起颜色，他可是行家里手。

　　公主转过身，露出空白的背影，她朝着侏儒火山走去，收拾起颜料、云朵做成的画笔和工具，这些东西是她的喉舌，她的传声筒。

扔掉白色和黑色颜料，公主将其他颜料随意地塞进了口袋，只留下一管红色颜料，紧紧攥在手中。她似已有所预感，寻找颜色和不同的旅途将充满坎坷，而她随时都可能需要这抹如生命、如血液般鲜艳的赤红。

随后她走向了我们："我是公主！"

同样的四个字，却饱含着与此前完全不同的情感。她鼓起了勇气，即将踏出这座小岛，与其他人一道扬帆远航，去寻找等待染色的另一半。或许她将不再只重复那一句话，或许她会为被抹去的另一半发出声音。或许她会带她回家。带着她不愿承认的另一半回家。

船再度驶入大海。我又一次来到船尾，而海鸥也像往常那般停在舵上。不知为何，这艘怪异的船上竟有这么一个突兀的船舵，就像是某人为了这场旅行而特意准备的。或许那个人就是我自己，我想道，或许这个船舵也是被我遗忘的千千万万件事物之一。

又或许，是我看不见的千千万万件事物之一。

"海鸥，我想到了一个问题。"

海鸥点了点长长的嘴巴，它并没有转过头来看我："说吧，我听着呢。"

"我们要怎么才能发现，自己没有看见过的某样东西呢？我的意思是，不知道那东西是否存在，又怎么知道自己没有看见它呢？"

说出这句话的时候，我的视线一直停留在公主身上。她的眼里闪烁着好奇的光芒，正一点一点地探索着这片新天地。她拿起一根绳子，复又放下，接着走向船舱，朝内张望，之后原路返回，眺望起远方的地平线，再然后，又把目光收了回来。

"她会学会的，学会面对那些隐藏起来的部分。"海鸥回答，它立刻捕捉到了我的言外之意，"学会展现它们，和它们同处共生。你不是也看见了吗？她已经开始寻找，在周围的世界里寻找。"

"她会找到吗？"

　　"会的。但不是在这儿，在这片海上，或者那边的船舱里。而我们会帮助她，用行动告诉她，我们并不害怕她那些藏起的部分。"

　　说完这句话，海鸥沉默下来，闭上了眼睛。

　　"你还没有回答我的问题呢。"

“你想知道你眼下没有看见什么？”

“严格来说，这并不是我的问题，不过我也很想知道这个问题的答案。”

“你可以想想，你为什么会踏上这段旅程。”

“我也不知道，我只是在船上醒来……”

“并且不记得之前发生的事了。”

海鸥笑着替我说道。而我终于看见了，那一直未能看见的东西。

上凸月

　　菲尼库萨岛与埃里库萨岛隔海相望，模样却天差地别，它就像埃里库萨岛的反面，形状异常规整。只需划几下桨，再借助些许海风的帮助，便能轻松抵达菲尼库萨岛的海岸。

　　大海终于一展笑颜，似在抚慰我们一路走来的艰辛。我们曾与能掀翻船只的巨浪搏斗，也曾被困在浅滩不能动弹，甚至有的时候，为了一缕

东风，不得不枯坐等待好几个小时。

船底擦过岸边的鹅卵石，发出噼噼啪啪的声响，巨大的锥形山丘闯入眼帘，那应该是某座火山的残骸。一条小径环绕山壁，蜿蜒而上，通向山顶。熄灭的火山口活像堆满碎屑的烟灰缸，当风吹开笼罩着山巅的云雾，隐隐约约地，能看见一个个残留的通气孔。小径入口位于一个酷似书桌的木头平台处，岩壁、山坡和悬崖上摆满了书本。成千上万，不，或许是上百万本书，按照颜色顺序整齐地排列着，一排排书脊拼成了一幅五彩斑斓的长图。

在这座书山的第三层，坐着一个男孩。

一个镜子男孩。

除了是由一面面镜子组成之外，男孩的长相并无特别。

他很快发现了我们，立刻像只犰狳似的缩成了一团，我们甚至不知道他把脑袋藏在了哪里。

好一副无懈可击的镜子盔甲。

"嗨，你好呀！别怕，我们不是坏人，不会伤害你。"我友善地开口，但这并没能让镜子男孩放下戒备。

我们蹑手蹑脚地走近。恐惧犹如一团乌云，笼罩着男孩和整座小岛。

"我们是朋友，如果你愿意的话，也可以加入我们，成为我们的朋友。"星生柔声说道。

总是被迫追随日落脚步的星生，在与人交流

上变得越发智慧，她已经熟练掌握了说什么、何时说、怎样说的沟通艺术。

"人类再也挤不出时间了解任何东西。无论需要什么，他们都会去商店买现成的。可商店不卖朋友，于是人类再也交不到朋友。"^①镜子男孩回答。他语气生硬，像是在朗读剧本中的台词，仿佛只有这样，他才有勇气开口说话。

这句话就像黑暗中一闪而过的光，拨动了我记忆的琴弦，可眼下我却没有工夫细想。我很好奇，好奇男孩接下来还会说些什么，好奇我们之

---

① 出自安托万·德·圣－埃克苏佩里《小王子》（引自 Antoine de Saint-Exupéry, Il Piccolo Principe, XLV edizione Tascabili Bompiani 1998.——作者注。本句由译者按照作者所引原文直接翻译而来）。

间的谈话会以怎样的方式收场。男孩如此胆小，我并不指望能够立刻获得他的信任。

"我们不是商人，不卖东西。"我向他解释，"除了那艘又老又破的船，我们一无所有。我们正在寻找陆地，所以需要你的帮助。我们打算组建一支船队。"

镜子男孩终于舒展开了身体，不再用那副坚硬的盔甲面对我们。他双唇紧闭，并没有接话。看来，我们得寻找一个切入点，以此来打破僵局。我瞅了瞅希望，她正欣赏着这座奇妙的书山，公主随手拿起一本书，翻阅了起来，至于秘密，他上下打量着这位古怪的岛主，似乎想到了什么主意。

"你都读过吗，这些书？你拿这么多书来做什么？"

"我提出问题，它们告诉我答案。它们为我言，替我歌。有些把食粮送到我的唇边，有些抚慰我的心灵，还有一些教导我认识自身。"[1]

"说得真好，既然你读了这么多书，能不能告诉我们：要怎样才能抵达陆地？"

"要精确、果断，不可模糊、含混。"[2]

---

[1] 出自弗兰切斯科·彼特拉克《歌集》(引自 Francesco Petrarca, Rime, trionfi, e poesie latine, Riccardi 1951.——作者注。本句由译者按照作者所引原文直接翻译而来）。

[2] 出自伊塔洛·卡尔维诺《美国讲稿》(引自 Italo Calvino, Lezioni americane. Sei proposte per il prossimo millennio, Mondadori 2016.——作者注。本句由译者按照作者所引原文直接翻译而来）。

现在我已经非常确定，男孩只会引用书中的文字作为回答。在漫长的时间里，他独自一人，徘徊于这片浩瀚无垠的书海。

"你叫什么名字？"日落开门见山地问道。

"阿囿。因为我困在了这里，困在了这间图书馆里，为了逃出这座围城，我读呀读呀，在一本本书中寻找答案。我在书堆里长大，与我朝夕相伴的，只有散发着独特味道的泛黄纸页，以及一个个文字世界中的假想朋友。"①

公主拿出她带在身边的侏儒火山，轻轻拍了

---

① 出自卡洛斯·鲁伊斯·萨丰《风之影》(引自 Carlo Ruiz Zafón，L'ombra del vento，Mondadori 2006.——作者注。本句由译者按照作者所引原文直接翻译而来)。

拍，火山听话地喷出一朵云来。她仔细观察着这朵云，接着拿起画笔和小凿子，创作出了一本会变成海浪的书。她特意加快了速度，在阿囿还没来得及拒绝前，轻轻一吹，将这份礼物送了出去。

云朵做成的书飘呀飘，飘到阿囿面前，落进了他的手里。

"这是……一本书。"阿囿喃喃低语。

"对，你的书。一本由你书写，而不只是阅读的书。"公主露出一抹天真烂漫的笑容。

就在这时，一个声音突然在我脑海中响起。那是一个女人的声音，从很远很远的地方传来，而且我很肯定，只有我能听见它。

"最美的大海，尚未抵达；最美的孩子，尚

未长大；最美的日子，我们尚未共度；最美的话语，我想告诉你的，尚未道出。"①

是母亲的声音。我的直觉这么告诉我。这么说，我有妈妈，我有能够归去的来处。泪水涌上眼眶，我多想看一看妈妈的脸，可她的面容像是隐藏在雾中，怎么也瞧不清楚。

与此同时，阿囿一直在摆弄他的书，他一会儿打开它，一会儿又将它合上，他的视线不时飘向远方，掠过岩壁上的一本本书，似乎在比较那些由他人写就的书和这本只属于他的书

---

① 出自纳齐姆·希克梅特《最美的海》（引自 Nazim Hikmet，il più bello dei mari，Poesie d'amore，Mondadori 2002.——作者注。本句由译者按照作者所引原文直接翻译而来）。

之间有何不同。

忽然，从那只靠近心脏的眼睛——他的左眼中滚出一滴泪来。这滴泪砸在了云朵书上，书猛地打开了，哗啦啦，一篇篇空白的书页飞快翻过，像是在无声地发出邀请。或许，随着书一道打开的，还有别的东西。

"跟我们走吧，小镜子！"秘密说道，唇边荡漾着温柔又狡黠的笑容，"你会喜欢上大海的。你一定看过很多有关大海的书，能给我们不少帮助。"

"比海洋更宽广的是天空，比天空更宽广

上凸月

的，是人的心灵。"①阿囿吟诵道，这或许是他表达肯定的方式。

日落背后的星生笑了起来，她挥手欢迎着这位新朋友。转不停绕着阿囿转起了圈，一边转，一边照着镜子，寻找自己最漂亮的角度。很显然，他并没能找到，但他的举动逗笑了我们的新成员。公主画出了一颗心，一颗完完整整、没有分成两半的心。

空中传来海鸥的叫声，它催促我们赶紧上船。起风了，到了该离开的时候。

---

① 出自维克多·雨果《悲惨世界》（引自 Victor Hugo, I miserabili, Casa Editrice Esperia 1862.——作者注。本句由译者按照作者所引原文直接翻译而来）。

古怪军团登上了他们的战舰。船帆飘扬，船员们各就各位，荡起船桨。我们驶过一座座小岛，迎来一个个伙伴，如今船上又多了一面镜子，他映照出我们的身影，捕捉着我们的言行举动，并将它们一一呈现在我们眼前。

我们是独立的篇章，
就如同砌成那座高山的
一册册书本。
但当我们会聚在一起时，
又会组成一个完整的故事。

船破开重重浪花，驶向大海深处。

上凸月

"为什么他会如此害怕？"我问海鸥。

"因为他习惯了躲在别人的故事里，只有那样，他才感到安全。"

"那些镜子呢，有什么用处？"

"用来反射周围的一切，这样他就能把里面的东西隐藏起来。"

"里面的东西？比如？"

"比如情感。"

"他会一直这样吗？"我继续问道。

海鸥发出一声古怪的啼叫，它一扇翅膀，飞了起来。

"阿囿已经告诉了我们答案。"

盈凸月

　　大海一改昨日的亲切，狂风呼啸，波涛汹涌，我们不得不打起十二分精神，保持着警惕。现在想来，我的旅行自一人开始，自一艘船上开始，自一片海中开始，还好我找到了同行的伙伴，要是我依旧独自一人，面对如此恶劣的天气，一定寸步难行。

　　今天的海鸥意外地沉默，或许它正为这糟糕

的天气烦恼。一旁的我双手掌舵，却不再像往日般满腹忧愁。或许今天我会想起自己是谁，或许从今天起，我将不再是没有姓名的"无名氏"。就算想不起来也没关系，像现在这样做一个"无名氏"，和这群天底下最优秀的水手一道劈波斩浪，也未尝不是一件乐事。

一股暴躁的海浪掀起小船，将我们推向里帕洛岛。里帕洛岛好似一座巨大的露天剧场，正中有一个 T 字形高台，很像模特儿们用来展示时装的舞台。

海岸越来越近，大家使出浑身解数，避开沿途的礁石。这一次的靠岸不复此前的从容，在海浪的推搡下，我们分外狼狈地撞上了沙滩。

盈凸月

岛上静悄悄的，只有不时响起的剪刀声。

咔嚓，咔嚓，咔嚓。

声音在露天剧场内回荡，让人难以辨明它的方向。公主用云捏出了一个箭头，箭头指向一处不起眼的山洞，原来，奇怪的咔嚓声是从那儿传来的。

我们齐齐迈开脚步，走向那处山洞，距离越来越近，剪刀声也越发清晰。

"有认①吗？"转不停问道，"有认在里面吗？"

咔嚓声突然停了下来。

“你们是谁？想干什么？”洞内，一个满是防备的声音响起。

“别怕，我们没有恶意。我们是一群水手，正在寻找陆地，碰巧经过了这座岛。”

经历了这么多次航行，走过无数小岛，跨过无数风浪，我自认为现在的我们已经担得起这个名号。

“那就赶紧离开！我还有工作要做。”

“什么工作？”星生好奇地问。

“我正在寻找合适的尺码。”

“什么东西的尺码？”日落还是那样，总是直奔主题，从不拐弯抹角。

“还能有什么，当然是衣服的尺码。”

"你在缝衣服？"和日落生硬的语调不同，星生的语气分外柔和。

　　"是的。我是一个服装设计师。我叫拂晓，很高兴认识你们。"

　　听到"服装设计师"这个词，日落登时面露喜色，她颇为期待地开口："那你也会做芭蕾舞演员的裙子了？"

　　"我只为自己做衣服，但做出来的尺码总不合适！"

　　"或许我能穿得下。"日落依旧不肯放弃，可拂晓直接无视了她。

　　"或许只是因为你没有量对尺寸。"秘密总是不失时机地施展毒舌，一根刺嗖地蹿起，飞过海面，向着远处的地平线去了。

拂晓从洞里伸出手，朝我们比了一个中指。

"我喜欢这个女孩。"秘密中意地点头，他凑到山洞前，对里面的拂晓说道，"要是你需要的话，我可以借给你一根我的刺。"

直到这时我们才发现，拂晓的手臂并不是真正的手臂，而是长长的皮尺，既可以无限伸展，又可以灵活地卷起。她的手奇特小巧，每一根指头都是一个裁缝常用的小物件：小拇指是细细的缝衣针，中指和食指各为剪刀的两个刀刃，无名指是一个缠线卷，大拇指是裁剪衣服时用来画线的粉笔。

拂晓很快把手臂收了回去。

"看见了吧？"她忐忑不安地问。

"不，什么也没看见。我们应该看见什么？"我反问。

"我的……我的手。没看见的话最好。"

秘密正准备说点什么，却被希望一把捂住了嘴巴。

"你做的衣服一定很漂亮。"星生柔声说道，努力缓和着突然凝重起来的气氛。

"当然了！它们个顶个地漂亮！只是我穿不上而已！我太胖了，它们总不合身。"

"你不胖。"星生说。

"不用这样安慰我。穿不上这些衣服不正说明我太胖了吗？为了减肥，我很长很长时间都不吃饭，只靠种子和一点点儿别的东西果腹。当我终于变得很瘦很瘦，唉……衣服还是不合身！不是太小，而是太大！因为这些衣服的尺码都是在我胖的时候测量的。没办法，我只能从头再来，量尺寸，设计，裁剪，缝制。可像这样瘦得皮包骨头，真的很丑，于是我又开始暴饮暴食，吃掉一切能吃的东西。"

希望慢慢靠近山洞，轻声问道："谁说你很丑？"

"所有人！所有人都这么说！"

"怎么会？这里根本没有其他人！"日落叫道。

一阵沉默。

"啊！所以说，他们都走了？"

"我也不知道。只是现在，这里除了你，再没有别人。整座剧院都是空的。"我安慰她道。

"我明白了！他们一定是觉得我太丑太胖，所以才离开了。又或者，他们觉得我太瘦。果然，没有人喜欢我！"

"为什么这么说？你躲在那里面，根本没人看得见你！为什么你会觉得是因为你丑，大家才离开的呢？"

"如果我和你们一样是正常人，他们就会留下来观看我的时装秀了。"

"无意冒犯，"秘密打断她，一根刺笔直地飞上了天空，"不过，我们和'正常'这个词可毫不沾边。"

又是一阵沉默。随后，日落开了口："刚才说话的那个家伙会用脑袋发射尖刺；那边那搁①总在不停地转圈，我一直很好奇，他为什么不会觉得头晕；再后面的两位，一个是透明人，一个全身上下镶满了镜子。怎么样，这些例子够不够？在我们面前，你根本不用担心自己是个怪人！"

"我有个主意：你需要观众欣赏你的时装秀，而我们需要一位出色的裁缝。我们可以做你的观众，而你呢，你可以跟着我们上船，帮我们

---

① 此为日落模仿转不停的口音，实际应为"那个"。

盈凸月

缝补船帆。你觉得如何？"

在我看来，这真是一个两全其美的提议。

"不行，这样还是没法举办时装秀！就算你们可以当观众，那模特儿呢，模特儿去哪找？"

"我是公主！"充满活力的声音突然响起，是公主。她一直躲在众人身后，这时终于站了出来。

公主拿出侏儒火山，摇了摇，火山吐出一朵长条的云来。公主挥舞着她的工具，一位高个子、招风耳模特儿很快出现在大家眼前；她再次拍了拍火山，火山又喷出了一朵圆滚滚的云，她的一双小手上下飞舞，眨眼间便捏出了一个头发很长很长的模特儿。就这样，一个接着一个，公主做出了十个云朵模特儿，十个像我们一样迥然不同的模特儿。黄色、粉色、白色、棕色、绿色……之后她拿起颜料，给模特儿们涂上了不同的色彩。做完这一切后，她朝我们点点头，大家模仿她的动作，对着这些云朵模特儿轻轻吹气，将她们一个一个送进了洞里。

洞里先是响起一声叹息，紧接着是一声惊喜的尖叫，随后是一声低低的啜泣。

"她们真漂亮！"拂晓惊叹，"每一个都那么特别，那么完美！每一个都有适合的款式，每一个都有适合的衣裳！"

我们坐在露天剧场的观众席上，安静地等待着。太阳正缓缓投入大海的怀抱，霞光铺满海面，波光粼粼，流光溢彩。

转不停从沙滩上捡来许多贝壳，用绳子穿起系在身上。他转起了圈，贝壳相互碰撞，叮叮当当，奏出一首清脆悦耳的小曲。

伴随着音乐，第一个模特儿从山洞里走了出来，宣告着设计师拂晓人生首场时装秀正式开始。美从来都不只有一种形式，就像这一个个云朵模特儿，五彩缤纷，各不相同。我们一边用力鼓掌，一边朝着模特儿不住吹气。模特儿们鱼贯前行，走过长长的 T 型台，乘着风儿，一点一点升上天空，消失在温暖的暮光中。

"出来吧！

出来吧！

出来吧！"

我们齐声喊道。

羞于自己的外表，拂晓依旧不肯现身。转不停转着圈圈，在叮叮当当的乐曲声中，走进山洞，拉着拂晓走了出来。他们一同走过舞台，拂晓终于看清了我们的模样。

"原来你们也不一样！"

盈凸月

“我们每个人都不一样！

正因为如此，

我们每个人又都一样！”

希望大声说道，她依旧沉浸在刚才精彩的演出中，甚至忘记了害羞。

拂晓再也控制不住自己，泪水就像断线的珠子滚滚落下。一直以来，她都躲藏在山洞里，如今她终于走出了那片方寸之地，此间心绪又怎能一语道尽？

“上船吧，”海鸥说，“天就快黑了！今晚好好睡上一觉，明天一早我们就出发去寻找陆地！"

大家摩拳擦掌，难掩兴奋之情。我们终于
凑齐了足够的人手，即将踏上回家的路，虽然
"家"这个字的意义，对我们每个人来说都不尽
相同。

"我个头儿这么大，"拂晓依旧有些担忧，
"船上还有容纳我的空间吗？"

"空间一直都有，"海鸥语重心长地回答，
"它不在外界，而在你的心中，需要你自己去开
拓。我们都需要空间，一个充足的空间，能让我
们更清楚地看见自我。"

海鸥的一席话让拂晓放下心来，她开始收拾
东西，为出发做准备。其他人则陷入了深深的思

考。一直以来，我们为自己留出了多少空间？这样的空间又是否足够？每个人的空间都会与他人的空间相交，这种相交，有时让人欢喜，有时又令人烦忧。是喜是愁，完全取决于我们自己，取决于我们的空间有多广阔。

"快！快看那儿！最后一抹光就要来了！"转不停兴奋地嚷道。

"来了又怎样？"秘密反问。

"当你看到最后那抹绿光，可以向它许一个愿望！"

"真浪漫！"星生叹道，而日落非常贴心地侧过了身体，这样姐妹俩能同时欣赏到正没入海面的夕阳。

"我们真幸运，可以许下两个愿望！"日落说道，她多想告诉自己的胞妹"我很爱很爱你"，可她要强的性格不允许她将这份爱意诉诸言语，于是她只能采取这样委婉的方式。

　　航海小队迎着夕阳，并肩立于甲板之上，霞光万丈，映红了我们的脸庞。

　　我们闭上了眼睛，等待着最后那抹绿光，准备许下一个愿望。

渐满月

许愿可不是件简单的事儿，你得先弄明白真正想要的是什么。

"是不是不能说出来许了什么愿，否则会不灵？"刚加入小队的拂晓问道，为了尽快融入这个集体，她很乐意和大家分享一切，包括各种担忧与烦恼。

"没那么多规矩，究竟灵不灵，由我们自己

说了算！"海鸥打消了她的顾虑，"如果是我，我会很乐意和大伙儿分享，愿望只有说出来，才会变得更加强烈，让我们更有动力和方向。"

"就像咒语一样？"转不停问。

"没错，就像咒语，或者祈祷。语言的力量可不容小觑。"海鸥回答，"不过我们得抓紧时间，最后一抹光就要来了！"

第一个开口的是日落。

"我想成为世界上最好的芭蕾舞演员！"她迫不及待地喊道。

"这是你一直挂在嘴边的话，"海鸥特意在"一直"两个字上加了重音，"你确定这就是你最想要的吗？"

"有时候，我们说出的只是脑子里闪过的念头，而不是内心真正的想法。"我在一旁补充，"再好好想想，你真正想要的是什么，什么会让你真正感到开心，感到快乐？"

海鸥朝我投来赞许的目光，似乎对我的这番发言很是满意。

"这可难住我了。"日落陷入了踌躇，"我喜欢跳舞，因为每一个动作都有标准可循，我只要照着标准去做就好……可这些标准又像一个囚笼，而我就像是戴着镣铐在起舞，脚背要这样，手臂要那样，要收腹，要提臀，腿要绷直……"

海鸥点了点头："很好，就是这样。继续，想想看，你真正想要的是什么？"

"自由！没错，我想要这个！犯错的自由，失败的自由，不做第一，不做最好的自由。不被标准束缚的自由。我要自由！自由！"

"好极了，日落。"海鸥称赞道，"很棒的愿望，在最后一抹光到来前，请你一直默念它，千万不要停下。你会发现，自由的你，一样会成为一流的芭蕾舞者。"

"我也想要自由！"日落身后，一个声音大声说道。是星生，她不再沉默，也说出了自己的愿望。"不再依附于你，做我自己的自由！日落，我很爱很爱你，但我一直都只是你的影子，你的附庸，一份你不得不背负的累赘。"

"不必解释，星生，
你是自由的，
可以自由追求
任何想要的东西。"

海鸥安慰她说。

"谢谢，可我不想日落难过……"

日落的双眼蒙上了一层泪水："星生，你说得很对。你总是活在我的影子里，你得找到自己的路。对不起，我说过许多许多伤人的话。直到现在我才明白，你为我付出了多少。你一直跟随我的舞步，默默忍耐，从未出声抱怨过一句……"

星生同样眼含泪光。这或许是日落第一次用如此温柔的口吻同她说话。

"我想为自己而活。
我想找到自己的路。"

星生一边说，一边背过双手，抱住了自己的孪生姐妹。

"自游，自游，每个人都想要自游。我一开始就是这么说的！"转不停得意极了，"自游地做我想做的事，像水一样自游地流动，从一种模样变成另一种模样，永不止步！"

"这会让你感到快乐吗？"海鸥问道，"如

果答案是肯定的，倒也未尝不可。不过像这样一直转圈，你真的不会累吗？"

"可我根本停不下来！"转不停沮丧地回答。

"那么，或许你真正想要的是：能够停下。你觉得呢？"我对他说道。

"我希望能够选择停下……是的，没错，这就是我想要的自游。我不想再像现在这样，无休无止地转动。"

"如果这是你内心最真实的渴望，那么这份自由一定会降临。再等一等，最后一抹光就快来了。"

在这宁静而美妙的时刻，秘密突然开了口，

他不假思索地道出了自己的愿望，就好像这个愿望一直等候在那里，静待着发射的时机。

"我希望被看见，不再靠这些四处乱窜的刺来引人注意。我希望其他人看到我真正的样子。"意识到自己说了什么，秘密猛地捂住了嘴巴，不用尖刺武装自己，如此坦诚地说出心里话，似乎让他很没有安全感。

"不必害怕，亲爱的秘密。"海鸥说，"有时候，憋在心底的话会一股脑儿地喷射出来，就像现在这样。"

"我想变得有名。我想成为无人不知、无人不晓的演员！"希望也说出了她的心愿。

"为什么？"

"因为这样的话，所有人都会知道我是谁。"

"你是谁呢？"海鸥反问。

这个问题完全出乎希望的预料，她沉默了下来，转动着眼珠，东瞧瞧西看看，像是在寻找答案，又像是在寻找不用回答这个问题的退路。只可惜，在大伙儿的注视下，她避无可避，只能面对现实。"我害怕他人的目光，所以才想成为演员，因为演员总在扮演他人，而不是自己。"

"所以，到底什么会让你感到快乐？"海鸥继续追问。

"我想……我想，大概是勇气。坦然面对他人的勇气。对，就是这个，我希望自己不再畏惧他人的眼光。"

"棒极了。"海鸥满意地点头，"轮到你了，公主！"

"我是公主！"

公主的脸上依旧挂着明亮的笑容，可她的回答就如大家预料的那样，没有丝毫变化。她拿出侏儒火山，不一会儿，火山便喷出一朵小小的云来。在公主的一双巧手下，这朵云很快变作了一只苹果。苹果的脸上一半漾着笑容，一半挂满泪珠。公主看了看海鸥，确认海鸥的视线不曾移开后，她走到微笑的那一边，用力吹了吹，又飞快奔向哭泣的那一边，用同样的力气吹了吹。原本清晰的界限逐渐模糊，笑中有泪，泪中带笑，快乐与悲伤融合到了一起。

"我明白了！你想变得完整！"海鸥立刻领会了她的意思，"这真是一个很棒的愿望！"

"我是公主！"公主快乐地欢呼，向四周抛撒起一颗颗云朵做成的心。

阿囤戳破一颗心，缓缓开了口。

"我希望拥有世界上最大的图书馆，我要读完所有的书，把它们全部装进脑子里！"

"要是只能选择一本书呢？"海鸥问。

"我可选不出来！每本书讲述的都是一部分的我，每一本独立开来都不完整！"

"这个愿望可不好实现。"海鸥遗憾地摇头。

“好吧，那我就……就要一本完完整整讲述我的书，这样总行了吧？”

“真的会有那样的书吗？谁能那么清楚地了解你呢？”

“你说得对……这世上最了解我的人只有我自己……”阿圊若有所思。

“加油，你已经快找到答案了。”海鸥鼓励他道，“你心里其实非常清楚，只是害怕说出口而已，因为你怕它变成现实。”

“不是你说的吗，语言就像咒语，它的力量不可小觑……”

“没错！”

“好吧，试试就试试！”

整个小队都围拢上来，无声地为他加油鼓劲。

"我想写一本名为'我'的书！"就像一口突然喷发出急促气流的压力锅，阿囿朗声说道。一直以来，这个愿望都被恐惧掩埋，如今得见阳光，终于破土发芽。

我们纷纷上前，用力地拥抱他，虽然阿囿不习惯被人触碰，但这温柔的氛围还是感染了他，他没有再缩回到冰冷的盔甲里，而是腼腆地接受了大家的祝福。

小小的庆祝仪式过后，所有人的视线都落到了拂晓身上，她是航海小队的最后一位成员，也是最后一位说出愿望的人。

"我的愿望，大概是变得和你们一样。"

可话音刚落，拂晓便意识到，这并不是她最想要的东西，"不，不对，我想穿着和你们一样的衣服，变得像你们一样自信。没错，就是这样，我想设计出适合我，让我感到自信的衣服！"

"拂晓，真正的自信，从来不是衣服给予你的，你得首先明白这一点儿。"海鸥意味深长地说道。

"好吧，那我的愿望是这个：我想变得自信起来，不再为自己的模样感到羞愧，不再被他人的评价所左右，像根橡皮圈似的在胖瘦之间来回摇摆。我想摆脱心中那片巨大的空洞。"

"这是一个非常了不起的愿望，拂晓，就此

出发吧。

"黑夜已经过去，
这里就是你一直期盼的黎明。

"衣服、食物、他人的评价，都不能填补你内心的空洞，能够填满它的，只有你对自己的爱与认可。"

海鸥的最后一个字消散在风中，随之而来的，是一阵长久的沉默。没有人再开口——该说的都已说尽，此时此刻，任何话语都是多余的。

"快看，"海鸥出声提醒，"太阳就要沉入海里了。"

我们眯起眼睛，努力张望，想要看清那抹最后的阳光，它是我们心愿的寄托，是将这一个个愿望带走的使者。橘红的晚霞渐渐退去，就在被海面完全吞没的刹那，一缕绿光突然迸出，浮现于地平线上。这抹绿光只停留了短短一瞬，之后，就像是有人按下了开关，浓烈的红光再次降临，犹如燎原之火，蔓延开去，烧红了整片天空。

　　我们皆被这幕美景所震撼，发出阵阵惊叹。

　　愿望已随光而去，唯余我们留在此间，继续那未竟的旅程。

近满月

日落之后的景色独特而又迷人。海面好似一匹上好的绸缎，像油一般光滑，又似牛奶般黏稠。海水无声地流向远方，轻抚着无边无际的地平线。浓郁如墨的蓝从海天交接处蔓延开来，一点一点，爬满了整片天穹。

要创作出如此之多的蓝色，造物主一定花费了许多心思。我很愿意用上一天时间来将它们数个清楚。正是这些蓝色，让天空、大海、小岛和周围的一切变得如梦似幻，而置身其中的我们，似乎也染上了这朦胧的色彩，拥有了不断变化的可能。或许正因为如此，日落后的这段时间才成了一天中我最喜爱的时刻。

十个寻找剧作家的角色[1]，
决定结伴上路，
身处这支小小的队伍，
他们既欢喜，又困惑，
怀着期待而又忐忑的心情，

---

[1] 此处作者或借鉴了意大利小说家、剧作家路易吉·皮兰德娄（Luigi Pirandello）所作戏剧《六个寻找剧作家的角色》。

他们将把大海横渡，

寻找来路，

寻找陆地，

寻找那被称为"家"的归处。

我望着我的同伴们，他们个个都是那般光彩夺目，却又如此古怪奇特，与常理不合。明明天差地别，迥然不同，却又如出一辙，毫无二致。

而我，也是他们中的一分子。

"旅行终于要开始了。"海鸥说道。

"老实说，我还没有准备好……"

"不会有'准备好'的时候。旅行本身就是

准备的过程。如果你只想等到'准备好'的那一刻，那你永远也无法出发。任何事，只有去做，才能做成。"

"你还是这么讨厌，不过我不得不承认，你很聪明，我喜欢听你讲话！"

"懂得倾听，是非常宝贵的品质。还好我当初没把你吃掉！"海鸥呱呱地叫了起来。

"真是支奇怪的队伍，你说，我们能够抵达陆地吗？"

"我也不知道，无名氏。关关难过关关过，前路漫漫亦灿烂！"

这个调皮的回答成功逗笑了我。我们找来枕头和被褥，铺在甲板上，这些简陋的小窝一个紧挨着另一个，组成了一幅个性十足的七彩拼图。我们得养精蓄锐，为之后的旅行做好准备。明天一早，我们就将起航，奔向各自的归处。

我钻进被窝，把转不停的腿当作了枕头。

"快看那儿！"秘密叫道。

天空宛若一张舒展的深蓝色幕布，上面点缀着一颗颗小小的星星。

一轮巨大的粉色月亮正从海上升起，艳丽的光辉洒向大地，让所有的一切黯然失色。我们忘记了呼吸，目不转睛地欣赏着眼前的奇景，欣赏着这份从天而降的礼物。这会不会是个好兆头，预示着我们的旅途将一帆风顺？

"这是草莓月亮。"海鸥向我们解释，"每

年六月中旬，到了草莓成熟的季节，草莓月亮就会现身，一年它只会出现这么一次。谁也说不清，究竟是这轮月亮染红了草莓，还是地上的草莓映红了月亮，又或许，它本就是一颗颗草莓组成的。真可惜，在这下面，什么也瞧不清楚！"

"或许，我们就是那一颗颗草莓……"我脱口而出。

每个人都是一颗独一无二的草莓。我们就像草莓一样，慢慢长大，慢慢成熟。

或许我们该飞到月亮上去，一探究竟。

"我有些害怕。"希望轻声说道。

"害怕并不总是件坏事，它能让你保持专注，少犯错误。但如果你能直面它，并且战胜它，那就更棒了。"海鸥说道。一旁的星生默默握住了希望的手，像是在告诉她，感到害怕的并不只有她一个。不过她们可以一起面对这个敌人，恐惧若是两个人分担，每个人便只承受了一半。

每个人都徜徉在思绪的海洋里，睡意渐渐袭来，我们合上眼皮，沉入了梦乡，走进彼此的梦中，再度相会。

海鸥停在主桅上，俯视着这些交织在一起的梦。它也需要好好睡上一觉，明天的旅途艰辛而漫长。

草莓月亮高悬于空，将世间万物染成粉红。等到所有人都睡熟后，它开始轻声哼唱，柔软的歌声就像羽毛，悄然飘入世人的梦中。

日落，星生！

日落，星生！

今夜无人入睡！①

无人入睡！

你也一样，公主殿下，

正从冰冷的闺房，

抬头仰望，

看那因爱和希望而闪烁不停的星光！

而我却将秘密囿于心房，

我的姓氏，我的名字，无人知晓！

① 引自《今夜无人入睡》(Nessun Dorma)，意大利作曲家贾科
莫·普契尼 (Giacomo Puccini) 所作歌剧《图兰朵》中的一
段咏叹调。此处歌词为译者结合本书上下文翻译而来。

别怠，别怠，

当第一抹晨光落下，

我将把答案送到你的唇上，

我会献上一吻，

届时沉默消融，

而你将成为我的新娘！

黑夜啊，快快散去，

星星呀，快快落下！

快快落下！

拂晓时分，我将获胜！

我将获胜！

我将获胜！

这是一首歌的歌词。

而我们却对此一无所知，更不会知道，我们竟然同是那曲中之人，除非某一天，有人将这首歌儿唱起。

草莓满月

草莓月亮洒下光芒，轻抚着船员们的脸庞。

我喜欢这样称呼他们，直到现在我仍不敢相信，竟然在机缘巧合之下，组成了这支古怪的队伍。

这是巧合吗？我曾在哪里读到过，说世上根本没有所谓巧合。既然如此，那一定有什么缘由。但现在的我太过稚嫩，经验尚浅，无法洞悉这场旅行背后的深意。

或许在不久的将来，我会找到答案。

我的视线落在阿囿身上，他的肚皮正随着呼吸一起一伏，而他本人正在梦境中惬意地遨游；海鸥落在了公主的臂弯，正睁着一只眼睛，小心提防着一旁的秘密——即使身处梦中，他的脑袋也会不时地发射尖刺。大家四仰八叉地躺在被窝里，根本分不清哪只是胳膊，哪条是大腿。

黎明时分，我们就将起程。前路迢迢，一切仍是未知。

我们能顺利回家吗？我们每个人都能找到自己的家吗？一个又一个疑问涌上心头，我思绪万千，再也无法入眠。

我拿起一张被海水侵蚀得泛黄的纸，将它展开，提笔写道：

给正读着这封信的你：

我不知道你是谁，也不知道这封信是如何抵达你手中的。如果真像他们所说，这世上没有巧合，那它来到你身边，一定有所缘由。

我即将开始一段旅行，一段不知终点在何方的旅行。我正在寻找一片陆地，一个答案，一个属于我的名字。

我叫无名氏，这是我现在的名字，在我重新找回自己前，都将以此自称。我曾穿越七片汹涌的大海，登上七座古怪的小岛。它们本不该存在，却又如此真实地矗立在那里，矗立在我的眼前。每一座岛上都埋藏着一份差异，一份孤独。

我与这些差异相识，与这些孤独结交，虽然依旧对他们了解甚微，但他们每一个都深深打动着我。我努力克制着自己，不去评判他们，而是默默走近，去聆听那些埋藏起来的故事。

我需要这些差异，需要这些孤独，正如同他们需要着我。

如今，我和他们同在一艘破旧的船上。待天光破晓，我们就将起航。

这是一场前路未卜的旅行，但我依旧愿意冒险一试。与这一个个小小的世界相遇，是上天给予我的馈赠。他们每一个都如此不同，而这每一份不同又都像一面镜子，每当我对镜自照，都能看见自己的影子。我即是他们，他们即是我。我们都有自己的恐惧和挣扎，都是矛盾的个体，都以自己的方式回应着这个世界。我们都是太阳系中的一分子，有人是发光的恒星，有人是反射光芒的行星，还有人是围绕他人运转的卫星，可不论我们扮演着怎样的角色，都同属于一个宇宙。

我不知道这场旅行的终点在何方，

但我们决定一起踏上旅程，这已是最大的胜利。

我不知道正读着这封信的你是谁，

但这些话，既然千里迢迢来到你的手中，那它们正是为你而留。

希望有一天，我能与你相遇，热烈相拥。

无名氏

我抓过一个蓝色瓶子，把纸卷起后塞了进去，接着又找来一个软木塞，将瓶口封严实。我快跑几步，用尽全力将它掷出。

扑通！被月光映红的地平线上，瓶子落入水中的声音远远传来。

"为什么这么做？"海鸥一直半眯着眼睛，假装在小憩，可实际上它却关注着我的一举一动。

"因为故事不该被遗忘。"我不假思索地回答。

草莓满月

故事不会被遗忘。

这封信，这些话，会去往很远很远的地方。

历经无数艰难险阻、坎坷波折，它终会抵达应去之人手中。

——你的手中。

草莓满月

后 记

一切始于一个电话："医生您好，我是保罗·斯特拉，冒昧来电是因为我正在写一本书，希望得到您的指点和帮助。"

老实说，我并不知道保罗·斯特拉是谁，但"书"这个字眼激发了我的好奇心，于是在一番简短的交流后，我们决定见面细谈。保罗如约而至，简单地介绍了自己，并同我分享了他的创作计划，希望我带领他走入 Z 世代 ① 的世界。

保罗的一腔热忱深深感染了我，我立刻联系了两位合伙人：我的同行、精神分析学家奥塔维娅·泽尔比医生和费德丽卡·扎尼医生。

保罗想写一本书，他希望读者能够透过书中角色看到自我，看到自身的孤独、挣扎，以及期望。坦白地说，保罗的邀请让我们颇为惶恐，因为这注定是一段布满荆棘的旅程。由于工作原因，我们时刻都在倾听年轻人的声音：他们的想法，他们的回应，他们的恐惧。这些年轻人拥有如此

---

① 通常指 1995 年至 2009 年间出生的一代人，又称"互联网世代"，统指受互联网、即时通信、智能手机等科技产物影响很大的一代人。

巨大的能量，为当今社会带来种种变革，也让我们深刻意识到，我们不该做他们人生的规划师，而应张开双臂拥抱他们，做一个陪伴者，陪伴他们走完这段漫漫成长路。于是我们欣然登船，与保罗一同踏上探索 Z 世代的旅程。

我们为咨询中心取名"阿耳戈"，这个名字源于希腊神话，之所以选择它，是因为它精准道出了我们这个团队的本质：一群不断探索他人世界，来自不同领域的专业人士。

既然如此，何不抓住机会，走出象牙塔，投入到这个别有意义的项目中来呢？

说做就做，我们在阿耳戈策划了多场交流会，与会者都是 15 岁到 18 岁之间的青少年，他们有些被病魔所困，有些开朗健康。我们请他们围坐在一起，平等自由地交流，讲述自己的故事。

在此过程中，我们得到了蒙扎市未成年人社区矫正机构——卡皮塔尼奥兄弟会的大力支持，我们与生活在那里的年轻人促膝而谈，他们的困惑，他们的愤懑，无不触动我们的心房。

这是一个非常敏感的群体，每次我们邀请保罗参会，精神总是高度紧张，随时准备应对任何可能的情绪碰撞，但同时，我们也坚信着与不同的个体相遇，于己于人都将大有裨益。而事实也的确如此。年轻人又一次给了我们惊喜，让我们感受到了他们的无限可能。

一次次相遇，一场场交流，让保罗感慨

万千，久久不能平静，他迫切地想要做点什么。

其实不只是他，我们也同样心潮澎湃。正是这群年轻人在我们心中掀起了波澜。从最初的戒备怀疑，到后来的敞开心扉，他们逐渐接纳了保罗和我们，不论是精神还是肉体，他们都不再惧怕与人接触，不再惧怕表达自我，因为我们已经清晰地向他们传达了这条信息：每个人都是不同的，当这些不同聚集到一起时，又能组成一个有力的整体。

旅行并没有就此结束，我们继续挥动双桨，驾船探索每个人心底的孤独。

"该如何呈现这些孤独呢？"面对保罗的疑问，我们从不那么"专业"的角度给出了建议，而保罗则把自己的理解付诸笔尖。故事里，陪伴无名氏的是一只海鸥，现实中，与保罗同行的则是我们。他的创造力和我们的心理学视角相结合，七个言行怪异、有违常理的角色由此诞生。这七位角色无法与自我相处，无法与他人建立联结，处于极度的痛苦之中，他们每个人都有难解的心结和某种心理障碍，但他们每个人都渴望被看见，被接受，渴望拥抱真实的自我，渴望与他人沟通交流。

这场旅行的美妙之处就在于"发现"：发现自我，发现自身的孤独，发现自身的多样性。每个人都独一无二，都由不同的颜色组成，如果连我们自己都意识不到这一点，都不肯承认这一点，

后记

其他人更不可能看见。

只有敢于面对自我的人，才能登上高峰，见证别样的风景！

人总是处在不断的变化之中：身体的变化，心智的变化，与周围世界关系的变化。正是这种由内至外的变化，让我们逐渐意识到"他人"的存在，进而萌生出"认识他人"的需求。与他人的联结，让我们的人生之路变得更加精彩，也更有意义。在这本适合所有人阅读的书中，正是"联结"拯救了众人，正是"联结"抚平了伤痛。

当然，我们都很清楚，现实并非童话，"与他人建立联系"并不能解决所有问题，只有接受自己，直面痛苦，才能寻得真正的改变之道。要深入论证这一点，需要详尽的心理学分析，此处我们不再赘述。

相遇让才华和差异走到一起，碰撞融合，孕育出新的契机。我们接过保罗的橄榄枝，与他一同扬帆出海，因为我们无比渴望相遇，也因为我们深爱这群改变着世界的少年少女。

心理学家–人际心理治疗师，
阿耳戈心理咨询中心联合创始人，
安娜·A.邦凡提医生、
奥塔维娅·泽尔比医生

致　谢

感谢这场旅行。感谢它带来的改变，带给我的震撼与思考。感谢那些促使我不断思考的人们。

感谢我的家人，我的父母、叔伯姑嫂、兄弟姐妹、侄儿侄女（他们人数众多，根本列举不完。好了好了，别当真，我只是开个玩笑！），还有我的外婆，她已经 98 岁高龄，不久前感染新冠，却又一次战胜了病魔，康复后她给我发来一条短信：那家伙出局了，我又挺了过来。

感谢埃多和我的朋友们，费德、坎德、克里斯蒂娜、凯茜、吉奥、安德烈亚、雅各布、莫罗、克里、弗朗西、艾尔、薇薇安、维基、达莉娅、西比拉（不管结果如何，能够一起做梦的感觉真好），以及所有"周日星空"的成员，你们是我至亲的家人。我无法列出所有人的名字，那将是一部鸿篇巨著。不过这样的"遗漏"也仅限于此篇致谢中，现实生活里，我从不会忘记任何帮助过我的人。

感谢弗朗切斯科·G.，我可靠的向导，他引领我完成了一本又一本书。

感谢安娜基娅拉，以及所有 De Agostini 出版社的工作人员，感谢他们的建议，感谢他们容忍我那些稀奇古怪的念头，感谢那一通通电话，一次次沟通。"嗨，安娜基娅拉，我又有了一个新点子，要听听看吗？"每每此时，安娜基娅拉总会长叹一口气，坐下来聆听我的长篇大论。

感谢安娜·A.邦凡提医生（以及glipsicologionline的马蒂亚，是他把邦凡提医生引荐给了我），以及所有阿耳戈心理咨询中心的医生们。我们彼此信任，携手走过了这段梦幻般的旅程……因为你们，这本书才能顺利诞生。

感谢卡皮塔尼奥兄弟会"未成年人社区"的督导员和姑娘们，从最初的怀疑，到后来的信任，你们每一个都很了不起。我还会再回来拜访各位。

感谢这段旅途中我结识、倾听、拥抱，并努力去理解的年轻人，你们一路走来，与寂寞为伍，艰辛坎坷，一次次跌倒，又一次次站起：安娜、瓦伦蒂娜、爱丽丝、艾莉莎、德西蕾、萨拉赫、亚历山德拉、艾尔赫拉、安德烈娅、维塔利娜、朱丽娅、马尔蒂娜、乔治娅，瓦伦迪娜，萨拉以及所有出于隐私原因不便列出名字的年轻人。

感谢杰出的艺术家，我的好友，朱塞佩·洛·夏沃，在某次特别的晚间聚会中（西蒙、杰娅和克里斯蒂亚诺也在场），带我探索人工智能这个神奇的世界，并帮助我完成了这本由 AI 绘制插图的书。我的文字被翻译成了一幅幅美妙的图画，感谢你天才的提议。

感谢阿尔方索、阿雷、阿尔比、安杰拉、西蒙、玛丽娅·克里斯蒂娜、皮特、雷娜以及 Next 公司的所有工作人员，多年的相处早已让我们成为亲密的家人。我无条件地信任着你们。除了阿尔方，他总是那么铁面无情。

感谢安东尼娅，感谢她的宣传和推广。期待与你再次合作。

感谢奥尔内拉·瓦洛尼，感谢她打电话唱歌给我听。真是一段美妙的回忆。

感谢艾娜·比耶尼·班比纳·阿圭拉尔，感谢她无微不至的照顾，感谢她为我生下可爱的儿女。

感谢不同，正是它们让我们每个人变得相同。

我也将一封信放进漂流瓶，投入了大海。或许你会好奇我写了什么。我把那些话藏到了这本书里，如此，我想传达的信息便会去往应去之人身边。

　　——你的身边。

著作权合同登记号：06-2023 年第 281 号

图书在版编目（CIP）数据

草莓满月 /（意）保罗·斯特拉著；张皓舒译. --
沈阳：万卷出版有限责任公司，2024.7
ISBN 978-7-5470-6526-6

Ⅰ.①草… Ⅱ.①保…②张… Ⅲ.①长篇小说－意
大利－现代 Ⅳ.①I546.45

中国国家版本馆CIP数据核字（2024）第090877号

Original title: LA LUNA PIENA DELLE FRAGOLE
© 2022, De Agostini Libri S.r.l., www.deagostinilibri.it
Texts: Paola Stella
The illustrations have been created by artist Giuseppe Lo Schiavo through an Artificial
Intelligence tool.

出 品 人：王维良
出版发行：北方联合出版传媒（集团）股份有限公司
　　　　　万卷出版有限责任公司
　　　　　（地址：沈阳市和平区十一纬路 29 号　邮编：110003）
印 刷 者：辽宁新华印务有限公司
经 销 者：全国新华书店
幅面尺寸：145mm×210mm
字　　数：100 千字
印　　张：7.75
出版时间：2024 年 7 月第 1 版
印刷时间：2024 年 7 月第 1 次印刷
责任编辑：王　越
责任校对：张　莹
装帧设计：李英辉
ISBN 978-7-5470-6526-6
定　　价：49.80 元
联系电话：024-23284090
传　　真：024-23284448